Heroes

I edizione giugno 2009

via Isonzo 34, 00198 Roma

I versi a pagina 75 sono tratti da *Litania* di Giorgio Caproni.
I versi a pagina 79 sono tratti da *Crêuza de mä* di Fabrizio De André.
I versi citati nel capitolo "Tutta mia la città, un deserto che conosco" sono tratti da *Tutta mia la città* dell'Equipe 84.

L'indirizzo del sito dell'autrice è www.simonabaldanzi.it

Cover design: Maurizio Ceccato | IFIX project

ISBN 978-88-6192-083-5

info@elliotedizioni.it
www.elliotedizioni.com
www.myspace.com/elliotedizioni

SIMONA BALDANZI

BANCONE VERDE MENTA

elliot

Alle donne che si perdono quando si innamorano.
Agli uomini e alle città che mi sono persa
quando mi sono innamorata di questa storia.

C'erano state danze in riva al lago
per brindare al sudore.
C'era stato un profumo di menta,
di ghiaccio e di liquore.
E poi Miriam, delinquente,
non si serve da bere alla gente
alchimie di sorrisi
dritti al cuore e alla mente.

BANDABARDÒ, *Mojito F.C.*

Tutte le stelle sono splendenti
eppure speri in quelle cadenti
e l'amore passa lascialo passare
se l'amore passa restano
queste palazzine al mare.

VIRGINIANA MILLER, *Re Cocomero*

Se almeno si vedesse l'autostrada
ci porterebbe senz'altro a una città
oppure proseguire ovunque vada
meglio, meglio che qua.

DANIELE SILVESTRI, *L'autostrada*

Un mojito al bancone

A racimolare monetine perché in tre non si avevano banconote, Ale, Pix e io ci avviciniamo con gli spiccioli per i nostri mojito. Faccio i mucchietti sul bancone mentre li conto.

Davanti lui, con la maglia rossa e il sorriso che si allarga agli angoli della bocca. Ci prepara i nostri cocktail e ce li serve avvicinandoli alle nostre mani. Comincio a sorseggiare e a giocare con la cannuccia e sento sussurrare: «Scrivi bene». Mi parla in un modo che posso sentirlo solo io.

Imbarazzata abbasso gli occhi contro il verde del bancone. Continua a preparare cocktail. Si muove per gli altri, ma parla per me.

«Vivi di questo?».

«No, magari».

Ho sbagliato risposta, ma lui ha azzeccato la domanda.

«Non parlo di soldi, vivi di questo, qui?» e indica tutto l'apparato che dalla gola scende nelle viscere.

Sorrido. Lui si muove e io sono immobile, mentre tutto dentro si rimescola e guardo la menta dentro il bicchiere schiacciata dal ghiaccio e dal lime. Lo stesso colore del bancone, verde menta, me ne accorgo solo adesso.

«E di cos'altro vivi?» e precisa: «Non parlo economicamente».

E c'è gente, tanta, ma non ci bado.

«Di immagini e di colori».

E lui aggiunge: «Di sapori e di profumi».

E io: «Di vuoti e anche di sassate».

Agganciamo le parole come artigiani a intrecciare gli anelli di una collana. Mi parla col volto, mentre crea bicchieri colorati.

«Non deve essere facile vivere di questo».

Ancora una volta capto una parola per un'altra, capisco "vivere in un posto come questo", ma lui è più veloce, deve essere chiaro e ripete: «Di tutto questo».

«No».

Mi tengo lontana una serata intera da quel bancone, voglio tenere in bocca le nostre parole, diluirle nel mojito.

Da lontano gli sorrido e penso all'ultimo sguardo. Non chiedo altro, ma lui mi chiama con i gesti, con l'indice mi indica il posto di fronte a lui, davanti al bancone.

Mi avvicino. Ormai c'è poca gente. Ormai non me ne importa nulla.

«Non ho ancora trovato il nome del cocktail».

Mentre riabbasso gli occhi, mi chiedo come cavolo fa ad avere tutte le frasi perfette fra quei denti grandi.

Mi sorride e continua: «Forse non c'è un nome giusto, forse va bene così, senza nome».

E io: «Se ti verrà in mente, se arriverà, sennò fa lo stesso».

«Tu volevi una risposta?» ma hai già capito.

Io quel biglietto l'avevo scritto, ce l'avevo fatta a dartelo. Ti avevo visto andare verso il parcheggio e ti avevo raggiunto. Ma la Pix mi aveva bloccata: «Che ci fai così spesso qui?». Pix sa che non amo questo posto. Non sa che ci sto lavorando su. È una vita che mi conosce, ma certe cose non posso proprio dirle. «Che ci faccio così spesso qui?». E così avevo dovuto darle spiegazioni: «Pix, mi piace il tipo a servire al bancone, ecco», e l'avevo lasciata lì con i suoi dubbi, ma avevo perso il momento buono. E allora tornando indietro ci avevo rinunciato. Poi tu eri uscito dal bancone sul retro e mi ero trovata tutta la tua figura di fronte. Quello scontrarsi per caso, quel mio «Aspetta, aspetta, aspetta», quel tuo «Che c'è, che c'è, che c'è». Tutto quello mi bastava. Perché mi andava di farlo e poi di tremare al pensiero di averlo fatto.

Ti avevo scritto che quel posto mi era un po' più familiare, che nell'aria c'era odore di menta e di zucchero di canna, che da una tovaglia volava uno spruzzo di cannella. Avevo scritto di bicchieri vuoti e pieni, che c'era un po' di leggerezza e di pesantezza. Dai un nome a questo cocktail. Questo ti avevo scritto. Ma anche se il nome non c'è, che importa?

Non mi lasci pensare. «Però poi vorrò capire il perché».

«Non sono una tipa da bancone».

E lui pronto: «Ci saranno altre occasioni».

Le *occasioni* mi fanno tremare le gambe.

«Magari ti farò leggere alcuni articoli».

«Volentieri».

Un sollievo. Ma lui vuol sapere, ancora.

«Ma quali articoli, scusa?».

Esito, ma poi la butto là: «Giornalismo», e lo dico con una punta di orgoglio. E lui la percepisce.

«Ah, ma allora lo fai di lavoro? Di scrivere, dico...».

«Sopravvivo, arrotondando con altri lavoretti».

«Già, chi non ne ha... E lavori in città?».

«Sì. Mi ero dimenticata, vivo anche di città».

«Città? Ma se sei di *qua*...».

«E che vuol dire? Domani parto».

«Ma allora viaggi, semmai».

«Non proprio...».

«E dove vai?».

«Marsiglia».

E comprimo la parola e poi la gonfio per trattenere un respiro, per contenere strade e persone. Perché penso a questa città che mi vibra sulla lingua e mi fa aumentare la saliva. Poi ingoio e mi sento viva. Sì, vivo di questo.

E lui la ripete affascinato: «Marsiglia». E dentro quella parola c'è l'ammirazione, c'è che lui c'è stato, che devo stare attenta. E qui mi sento arrogante, non puoi darmi consigli. Te la voglio strappare dalla bocca questa città.

«E perché vai a Marsiglia?».

«Vado a trovare un'amica e la città».

Ci vado per un sacco di motivi e vado con Chicca, ma anche questo non voglio spiegartelo.

Altri avventori reclamano i loro cocktail.

Io ho già avuto il mio.

Un'immagine e una colonna di righe

È ancora buio quando si aspetta il bus. Come sempre mancano i fondi e così siamo andate al risparmio. Chicca tiene una delle borse attaccata al collo.

«Marsiglia, ti rendi conto?» fa Chicca mentre cerca l'autobus con scritto "France" nel parcheggio.

«Già...».

«Che ti passa per il capo?».

«Fino a qualche anno fa Marsiglia mi faceva pensare al sapone bianco. Poi ho scoperto il noir, e ora noi la vorremmo pure dipingere di rosa. Tira fuori da accendere, va', che poi per sette ore non si fuma».

«Ma sei davvero preoccupata?».

«Lavoro sul Cavalletta da mesi e non ne vengo fuori con nulla. Se anche questo lavoro non va...».

«Certo, se poi vai pure a innamorarti del tipo al bancone, ti distrai sì».

Accendo la sigaretta. Una zingara si avvicina, ne vuole una. La tiro fuori dalla tasca. Mi mormora una frase che non capisco.

«Ma che cavolo ha detto?».

«Secondo me ha detto: "Che ci fate qui?"».

«Ma che dici, Chicca, ma che ti sei fumata?».

«E dai! Guarda là, è il nostro autobus».

«Sicura?». Faccio per sollevare anche il suo bagaglio. «Pesa tre quintali, ma che ci hai messo dentro? Cinque giorni, Chicca, cinque maledetti giorni!».

«Oh. Calma, eh! Ho la macchina fotografica, il computer...».

«Avrai infilato non so quanti vestiti e poi...».

«È quello che mi serve! Chiedo di essere aiutata? Lo porto da sola. E allora fregatene!».

«Come vuoi».

Raggiungiamo l'autobus. Chicca fatica con i suoi bagagli, ma riesce a metterli nello scomparto fra le ruote dell'autobus.

«Visto?» mi fa lei con un po' di fiatone e altrettanta soddisfazione.

«Volevo solo metterti alla prova». Le poggio una mano sulla spalla.

Mi prendi la mano, me la baci e ridi.

Mostriamo i biglietti, ci sistemiamo. Ci lanciamo uno sguardo prima di provare a dormire. Se fosse una foto, Chicca, che angolazione sceglieresti? E io che parole userei, sotto, in una colonna di righe?

La finestra sul Vieux Port

«Raccontamela» fa Chicca mentre si stropiccia gli occhi.

«Sei riuscita a dormire?».

«Un po'. Tu?».

«A tratti, non ci sto in questi seggiolini, batto i ginocchi».

«Dove siamo?».

«Credo Nizza».

«Ti va di raccontarmi la storia di Teresa e Pierre?».

«Certo che mi va».

Con Teresa c'ho lavorato insieme, è una storica. È lunga e secca, come uno stecco. Era piena di pruni quando l'ho conosciuta. Irritava chiunque le stesse intorno. Poneva delle distanze, ecco. Con lei si doveva solo lavorare e non perdere tempo. Per il resto un cupo silenzio. Conviveva con un uomo con cui stava insieme da parecchi anni. Della sua storia sapevo solo le menate sulle spese e su quell'asciugamano che lui lasciava sempre lì. Era spesso stanca e quando fumava diventava assente e quel fumo sembrava distendersi intorno come una pellicola per alimenti, per conservare il suo malessere.

«Ho deciso che mi faccio una vacanza con gli amici» mi disse «verso l'estate».

«Senza...».

«Sì, senza».

Non voleva dire altro. Mi parlò della meta, Marsiglia. Quando tornò e capitò in ufficio con una delle sue mini mozzafiato, le sue gambe mi sembrarono più lunghe di prima. Lanciò la borsa di cencio sulla scrivania e, ancor prima di salutare, sorridendo come un clown disse: «Mi sono innamorata».

Quel lampione di donna brillava sul mio volto e mi impediva di rispondere. Mi si è seduta di fronte, ha accavallato le gambe e tutte le sue spigolosità mi sono sembrate fatte di pane. Ero sconvolta dal cambiamento.

«Fra pochi giorni parto e mi trasferisco a Marsiglia».

«Non mi fai riprendere dalla prima cosa che hai detto e già vuoi dirmene un'altra ancora più grossa?».

E la ricordo bene quella risata. Mi è scoppiata davanti come il gioco della pentolaccia, dal suo viso sono venuti fuori coriandoli e stelle filanti. E io paralizzata dalla sorpresa della sua bellezza.

«Sono una pazza, ma è successo».

Riprendo fiato.

«No, ora la racconti tutta».

«È molto semplice, sai. Ero alla finestra a guardare il mare, davanti al porto. Perché lui ha proprio la casa che dà sul porto vecchio...».

«No, aspetta, lui chi?».

«Eravamo ospiti da questo tipo qua, che era amico di una mia amica...».

«Sì, ok, continua...».

«E insomma, io a quella finestra mi sono innamorata».

«Ma non stavi guardando il mare?».

Mi guarda tutta eccitata e con la bocca sembra che baci le parole prima di farle arrivare a me.

«Sì, appunto. È soffiato il maestrale e mi è sbatacchiata sul viso la persiana, perché là quando tira il vento, tira forte!».

Ride. Di nuovo. E mi viene da ridere anche a me, perché è contagiosa come uno sbadiglio.

«Ci prendiamo un caffè?».

«No, che caffè e caffè! Ti sei presa una botta e che è successo?».

«Una botta? Stavo quasi per svenire dal male! In piena capoccia, e Pierre mi ha portato del ghiaccio e distesa sul divano. Mentre lui teneva lo straccio freddo sul mio capo, ci siamo guardati e non c'è stato niente da fare!».

Chicca, sempre più rannicchiata su quel seggiolino sospira: «E lei poi è partita per Marsiglia?».

«Baracca e burattini ed è partita».

«E tu sei andata a trovarla...».

Un paio di mesi dopo non ho resistito. Volevo vedere quella finestra. E volevo vedere quest'uomo che l'aveva resa un fiore, ma in quel momento lì, sempre sul punto di sbocciare. E quando sono arrivata là era notte e lei mi ha aperto la porta con una bottiglia di vino in mano. L'ho abbracciata e senza tanti convenevoli mi ha portato in cucina, mi ha fatto sedere e ha versato il rosso nel bicchiere. Io ho cominciato a tremare perché la sua presenza era vibrante, muoveva l'aria e gli odori, faceva vacillare la luce, mi faceva dimenticare le ore di auto e che io, Monica, ero finalmente a Marsiglia.

«Dobbiamo festeggiare! Sei la prima che lo sa...».

Non serviva che continuasse, parlava tutto il suo corpo. Dolce, morbido, dischiuso.

«Sono incinta!».

Mi sono aggrappata al calice come a una maniglia di emergenza e l'ho sollevato.

«Sei felice?».

«È una pazzia, vero?».

«Una pazzia? Io non ti ho mai visto così, Tere'».

«Sono felice, Monica. Mi sento io, come non mai. E questa cosa la voglio».

«Aspetti un bambino o...».

«Secondo me è una bimba...».

E tirò fuori un piccolo volume sulla gravidanza e, come due bambine che guardano il libretto d'istruzioni del loro gioco preferito, passammo tutta la notte a chiederci come funzionava.

«E poi?» fa Chicca con gli occhi lucidi. «Hai conosciuto Pierre?».

«Sì, certo, e come poche volte capita mi sono detta che quei due erano personaggi da cartone animato, disegnati l'uno per l'altra!».

«Non vedo l'ora di conoscerli!».

«Eh, davvero, chissà che panciona ha ora la Teresa, ci siamo quasi...».

«Oh, ma perché non mettiamo anche questa storia nel nostro allegato?».

«Vediamo».

«Dai retta a me, ho già in mente qualche foto».

Sbadiglio e Chicca pure. Nelle bocche aperte facciamo entrare la cité di Marsiglia.

Il caffè davanti al mare

In un lampo arriviamo con la metro alla nostra fermata del Vieux Port. Ma è anche fin troppo presto per suonare a Teresa. Così con i bagagli e le borse ci sediamo a un caffè guardando il porto ancora poco animato. Il cameriere si avvicina con delle spremute di arancia e il panierino con le brioche burrose.

Chicca ne porta una sotto i denti, chiude gli occhi e mi fa: «Oh, la Francia! Quanto tempo!».

«Per correttezza, cara, sei a Marsiglia, è Mediterraneo più che Francia».

«Le precisazioni così presto la mattina mi uccidono».

Ridiamo. Prendo il tabacco, le cartine, i filtri, il tempo. Guardo in alto fermando il mio sguardo su Notre-Dame de la Garde e sento che alle mie spalle la città comincia a muoversi. Mi arriva un SMS.

«È Aldo».

«E chi è Aldo?» chiede Chicca.

«Uno splendido novantenne» sorrido.

«Uno dei tuoi allievi?».

«Già».

«Se sa usare il cellulare è in gamba».

«È un bel soggetto».

«E che ti scrive?».

«*Carissima, qua ci si arrugginisce e non si sa più muovere un piede. Però dai retta a un vecchio, stai bene e non pensare a qua. Cordialità*».

«Che gentiluomo» dice Chicca.

Spengo il cellulare. Puoi decidere di sentire solo il respiro del mare. E se fosse un serial televisivo, l'Italia, l'affitto di quel buco che ho e quel dannato bancone sarebbero ormai roba di mille puntate fa.

Un cane, un gatto e una bimba che sta per arrivare

Teresa ci accoglie alla porta con un vestitino a fiori che le copre appena il sedere e che le lievita sulla pancia rotonda. Non c'è tentazione più grande di toccare quel rigonfiamento, un mondo a portata di mano.

«Oddio, Teresa, che bella che sei, manca veramente poco».

«Tina, falle prima entrare!».

Tina scodinzola sulla porta alla ricerca affannosa di attenzione dalle due nuove venute. Non mi dà neanche il tempo di spostare i bagagli, che ho già le sue zampe sulle ginocchia. Chicca e Teresa fra la coda di Tina e i bagagli riescono a darsi la mano e presentarsi.

«Vi ho preparato per stare qua, se vi va bene».

Ci indica il salotto.

«Va benissimo».

«Dovete fare colazione?».

«No, ci siamo già rifocillate».

«Un caffè comunque lo metto sul fuoco».

«Grazie» fa Chicca.

Poggiamo le borse. Con la mano faccio cenno a Chicca di avvicinarsi. Risponde al gesto prima Tina e così, mentre la accarezzo sotto il musetto, dico: «È quella la finestra».

Chicca si avvicina come riaccesa. Spalanco le persiane bianche e consumate. «Guarda».

E le due braccia di pietra rosa dell'ingresso del porto la avvolgono. Le passo in silenzio la borsa con la macchina. Lei la prende, monta i pezzi mentre io cerco di tenere a bada la lingua della Tina. Si sporge dalla finestra. Io mi metto di fianco seduta al tavolo e butto giù qualche riga.

Teresa entra con il caffè.

«Come funziona? Una guarda e l'altra scrive?».

«Più o meno».

Sorseggiamo il caffè.

«Ecco la Micia».

Con un balzo dalla sedia sale sul tavolo e poi sul davanzale.

«Una gatta alla finestra?» fa Chicca mentre Tina annusa l'obiettivo della macchina fotografica tenuta al collo.

«Sta lì delle ore. Non far caso agli animali di casa. La gatta è un po' più furba, ma la Tina è tonta» fa Teresa mentre a spregio tira la coda di Tina.

«È una gatta romantica» commenta Chicca.

«Come si fa a non innamorarsi a quella finestra?» dico io.

«Ah, non chiedetelo a me! Guarda qua, poi, che strane cose possono succedere!» risponde Teresa posando le mani sulla pancia. E mentre tutte e tre si ride entra Pierre.

«Cos'è tutto questo casino?» dice lui.

«Ciao Pierre, come stai?».

Ci salutiamo e lo presento a Chicca.

«Tutto bene il viaggio?» ci chiede.

«Sì, Pierre» rispondo.

«Peccato!» commenta.

«Come peccato?» chiede Chicca.

«Non siete qui per conoscere Marsiglia?».

«Già...».

«Non vi hanno ancora derubato?».

Chicca si mette a ridere, ha capito subito di che pasta è fatto Pierre.

«Non ancora» faccio io «dagli tempo».

In sequenza dalla stanza escono: Teresa con la pancia, la Micia, Pierre e Tina.

«Li vorrei tenere tutti in un quadretto. La Micia alla finestra, la Tina che scodinzola, la pancia di Teresa. E Pierre lo hai sentito?».

Sorrido.

Chicca sfila dal collo la macchina e si butta sul divano. «Mi sento a casa».

«Non mollare l'oggettino. Sistemiamo un po' qui e poi si esce, no?».

Scatta di nuovo in piedi.

«Andiamo».

Bocca pronta a mordere

Parc du Pharo, appena sopra il Fort Saint-Nicolas; è dall'alto, Marsiglia, che ti vogliamo vedere.

Nel parco ci sono bambini con le magliette delle squadre di calcio che corrono da una parte all'altra. Le coppie stanno sedute proprio sotto la statua che omaggia le vittime del mare. Questa barca incastonata in un mare di roccia, questo braccio proteso verso il cielo, mentre l'altro trattiene un corpo inerme. Questi uomini che cercano di salvarsi dalla tempesta. Mentre noi qua, sedute a guardare questa imboccatura del porto vecchio.

Mi appunto: *La lingua del mare entra nella tua bocca, fra queste tue labbra rosa del Fort Saint-Jean, screpolate dal vento. E le barche sono denti bianchi, pronti a mordere.*

Guardando questa città in faccia penso al volto del Mioamore, al suo naso un po' schiacciato che mi premeva sul seno e ai denti che avvolgevano i capezzoli come una leggera morsa.

Mi distendo su un fianco a riempirmi di rosa, di blu e di bianco.

Chicca mi fa cenno di guardare verso la panchina di pietra non molto distante da me, facendomi capire che ha già fatto la foto. Due piccioni se ne stanno accovacciati appena sopra la scritta "Réservé" mentre dietro di loro, in lontananza, si vedono delle gru, una distesa di barconi e container e, a sinistra del forte rosa, la Cathédrale de la Major, che pare incollata là come in un découpage.

«Là deve esserci il porto nuovo e i lavori che stanno facendo, aspetta, come si chiama... l'Euromediterranée, sì».

«Stanno cercando di rifare il trucco alla vecchia matrona» fa Chicca, mentre culla con le mani la macchina fotografica.

«Ma non credo che Marsiglia smetta di concedersi».

«Però se la clientela cambia... Qua stanno arrivando i parigini a frotte».

«È vero. Col TGV in poche ore sono qua».

«Sai cosa ho letto? Che chiedono la casa con la vista sul mare e i marsigliesi li prendono in giro perché non hanno bisogno di vederlo dal balcone. Loro il mare se lo portano dentro».

C'è una striscia bianca lungo il confine del mare. Il vento copre il sole che picchia.

«Qua si prende una razzata, bianche come siamo!».

«Andiamo là sul prato che c'è l'ombra».

Mentre ci muoviamo siamo avvolte da una nuvola. Proprio come se ci abbracciasse. Rabbrividiamo e ci guardiamo. Sentiamo l'umido sulla pelle. Poi la nuvola bassa si rialza e sentiamo di nuovo caldo.

Chicca fotografa un pavimento di mosaico a macchie colorate. Qua e là le scritte fra le piastrelle: "démocratie", "égalité", "amitié", "amour". Di nuovo un brivido sulla pelle, come se una guazza si posasse su di noi.

«Un po' fa freddo, un po' fa caldo, ma cos'è?».

«Guarda strano anche il cielo. Era azzurrissimo e ora a momenti si fa nebbia...».

«Sì, sembra nebbia, ma si abbassa e poi si scioglie».

«Il vento la sgretola».

Vicino a noi dei giochi per bambini. C'è una barchetta blu, gialla e rossa, e con dietro questa nebbiolina che si alza e si abbassa sembra il set di un programma televisivo per bambini.

Ci distendiamo sul prato non molto distante. Appena tocchiamo il morbido, la stanchezza si fa sentire. Sonnecchiamo. Avverto di nuovo un gelo improvviso. Chicca sta tutta rannicchiata, deve sentirlo anche lei. Mi guardo intorno, ma nessuno sembra farci caso. Mi abbasso di nuovo. Chiudo gli occhi.

Vedo il Mioamore che mi poggia sul corpo una coperta morbida e mi dà un bacio sulla fronte.

Brouillard

Scendiamo dal parco, giriamo tutto intorno al porto. Guardiamo le barche come ubriache. Abbiamo le guance rosso vivo.

«Ma guarda un po'? A tratti ha fatto un freddo cane e siamo persino scottate».

Chicca mi guarda. «Brutti scherzi, eh?».

Intorno al molo stanno rimettendo a posto le cassette vuote del pesce. Un uomo si gira e ha gli occhi di sabbia. E quei capelli, proprio come i tuoi, Mioamore, che trovavi risposte convincenti per tutto. Ora me lo sapresti spiegare perché cade questo velo freddo e umido su Marsiglia?

«Mando un messaggio a Teresa e chiediamo se sa qualcosa?».

«Sì, brava, perché questa cosa è proprio strana».

Siamo già dall'altra parte del Parc du Pharo, l'arteria della Canebière alle spalle. L'acqua che scorre lungo i vicoli è l'unico rumore che ci accompagna nel Quartier du Panier. I muratori sono al lavoro su una distesa di facciate dai colori insoliti, scartavetrati dal vento e da chi sempre ci appoggia la schiena prima di ripartire.

«C'è odore di muschio bianco» dice Chicca mentre si pranza col Tajine e patate speziate in una piazzetta all'imbocco di Rue du Panier.

Ci sono un sacco di volti, di gente che passa da guardare. Avanzo e poi rallento per aspettare Chicca che si ferma per fotografare.

Si ferma davanti a un muro.

Si gira e ha gli occhi lucidi.

«Che c'è?».

Guardo, ma vedo solo due sedie abbandonate di fronte a un muro scrostato.

«Ci divertivamo a fotografare sedie ovunque, te lo avevo detto, no? E ora... qui... non me l'aspettavo».

Parla del Suoamore. Chiude il tappo davanti all'obiettivo.

«Marsiglia» sussurro mentre guardo quelle due sedie chiedendomi chi ci si sarà seduto sopra per una vita o forse per un attimo.

Sorride e mi guarda. «Fa scherzi sì, questa città».

Si sorseggia una birra in Place de Lenche, di fronte a noi, di nuovo, il mare. Perché le strade a Marsiglia a questo servono, a farti tornare lì.

«Ma lo vedi quanto è bello lui?» fa Chicca indicandomi un uomo con capelli ricci scuri e occhi di cristallo che gioca con un bimbo.

«È un babbo» dico io.

«È un babbo bello» sottolinea Chicca.

Si sbircia in alcuni negozi. Saponi, ceramiche, cocci, fiori, fantasie provenzali. Si ferma una signora affaticata dalle salite.

«Io sono israeliana, voi?».

«Italiane».

«Qui c'è di tutto» risponde. «Questo quartiere è bello, vero? Meno male che dopo le salite si scende, anche. E voi dove vi siete sistemate?».

«Non viviamo qua».

«Ah, no? Strano. Non avete facce da turiste. Buon giro, allora».

«Ma che facce avremmo ora?» mi domanda Chicca.

I cani annusano i bordi dei marciapiedi, gli angoli delle strade. Ne vedo uno che si ferma a bere un po' d'acqua che scorre, prima che finisca nella fogna.

Marseille. Lo senti come suona? È fatto di onde che avanzano e retrocedono, il tuo nome. C'è il mare nel tuo nome. E anche *noir* e *mademoiselle.* Ci sono le arselle, l'arsura e l'arsenico. Ci sono l'isola e un'altalena di elle. C'è che in un attimo puoi essere da un'altra parte.

Arriva nel tuo porto una barca enorme, dalla Tunisia, e noi minuscole, sedute a guardare con le gambe che penzolano verso l'acqua.

Arriva un SMS.

È Teresa.

Brouillard si chiama. Non so bene cosa accade nell'atmosfera, questa nebbiolina... è un fenomeno che capita raramente. Ma succede anche questo a Marsiglia.

Le urla dei bimbi esplodono dal Préau des Accoules.

C'è una bellezza in questa gente che scorre incontenibile. Ripassa lo spazzino che avevamo visto qualche via sopra. È lui, sì, come se ci si conoscesse da una vita. È tutto così familiare che mi arrendo.

Chiudi che c'è riscontro

Teresa e Pierre sono andati a una festa ai Docks de la Joliette, i vecchi magazzini rimessi a nuovo. Noi stiamo a casa, stasera, siamo gonfie del cous-cous di La Feminà, il ristorante qua vicino di un algerino che se non glielo mangi tutto si offende a morte. Abbiamo ancora nella bocca il sapore dolce del tè alla menta.

Ho la pelle della faccia ricoperta di crema a placare il sole.

Prendo il portatile di Chicca. Inserisco la USB. Apro un file, un altro, poi un altro ancora. Ne apro uno nuovo e salva con nome, Marsiglia.

Mioamore,

penso alla tua voce nel corridoio del quarto piano, come la radio accesa in macchina, mi rassicurava. Purificava l'aria come un profumo. Poi è diventata un paio di occhiali da sole. Un'ombra che passa svelta dalla porta.

E passano i mesi, così, so che ci sei, ma non so quando arrivi. Non so come ti chiami.

Una mattina ti vedo uscire da un bar vicino l'ufficio, ti giri, mi guardi, inciampi sul marciapiede.

Vieni a sapere che ho scritto un articolo che può interessarti e me lo vieni a chiedere. Tu lo prendi e te ne vai, ma poi torni. Mi chiedi il numero di telefono. Il nome lo sai. Io scopro il tuo. La sera chiami. La tua voce così vicina al mio orecchio. Fin troppo. Mi entra dentro. E parlo veloce per non farti accorgere. E mi commenti l'articolo. Hai cura delle mie paro-

le. E poi mi parli di un film che hai visto, di cosa hai fatto quella giornata. Così naturale stare dentro la tua vita.

Ci troviamo a seguire alcune conferenze. Io con gli occhi nudi sopra il mio maglione a collo alto a righe. Tu vestito con i soliti occhiali da sole e gli anfibi ai piedi. Facciamo un giro. Poi un altro. Si pranza. Passa un sacco di gente. Un caffè, una sigaretta. Un caffè, una sigaretta. Assaggia, sono di Cuba. Parliamo di politica, la viviamo. Parliamo di tutto. Passano amici. Saltano le conferenze. Mi proponi un gioco. Scriverci cose in poche parole, come gli haiku giapponesi. Dai un tema. Dai un confine di numero di parole, da non violare. E io vago fra gli spazi, fra la folla, fra quelli che hanno da comunicare qualcosa, le informazioni, gli appunti, le redazioni da chiamare. E poi un vortice di messaggi su display. Sfondi il confine delle parole e del gioco. Un'assenza che ti azzanna. Ti manco.

Tentiamo di ritirarci dando i numeri. Undici, l'età di tuo figlio, otto gli anni che sei separato, quarantaquattro i tuoi di anni. I miei venticinque impallidiscono.

Tu. Improvvisamente, irrazionalmente, prepotentemente.

Freno e poi scalpito. Mi descrivi il mare, le librerie, il lucernario per le stelle, casa tua. Mi parli di tenerezza struggente e di dolcezza del sangue. Io della mia terra e della paura delle favole.

Ti rivedo al quarto piano. Non lo devono sapere, che poi si parla della solita ragazzina con l'uomo maturo per far carriera. E mi metti la musica dalla tua stanza, per darmi il buongiorno. Ci troviamo di nascosto a mangiare. E le strade diventano nostre, intorno. Gli angoli, le librerie, i cinema, da anonimi a nostri. Ci vediamo al Bar Nostro.

E poi un treno. Verso la tua città di adozione, sul mare.

Su quel tavolo bianco due Campari, qualche oliva e tutto

intorno centinaia e centinaia di libri, le parole, ancora a testimoniare.

Se vuoi puoi toccarmi, ti dico. E tu mi tocchi le mani. La stessa cura che immaginavo. Le carezze ai capelli, alle guance. Il bacio. Mi lascio scoprire. Un nuovo corpo. Un nuovo materiale. E ti lascio fare.

La cartina del Mediterraneo a vegliare il tuo letto. Un unico mare, e la terra tutt'intorno. E mi dici che ne hai tante di cartine geografiche, di tutti i posti in cui sei stato. E sul tuo letto mi distendi il mondo.

Esploro i tuoi oggetti, spremi le cose per regalarmi la luce che potrebbe interessarmi. Mi diverto a passare rasente alle librerie, ad accarezzare i dorsi delle copertine. Una telefonata di bugia a casa. Dove realmente sono e dove mi invento.

Mi sento Cenerentola quando mi porti fuori a cena che il cameriere vuol togliermi il cappotto e io mi ostino a fare da sola. Quando la nostra zucca è un taxi nel centro e non si disfa neanche a mezzanotte. E quelle prove di coraggio davanti agli alberghi, quando i portieri guardano le carte d'identità e lo so che fanno i conti, fra me e te, e io che invece mormoro il numero impresso sulla chiave o sul portachiavi, e li ricordo ancora, sai?

Lo stupore, ogni mattina, di quelle mattine che io per gli altri sono sempre altrove, e invece sono da te. Che mi porti la colazione e il giornale, non una, ma due copie, che le apriamo insieme ed è come vedere due coppie di persiane. E lo dico e mi viene da ridere e non mi so rispondere, ma ho solo voglia di abbracciarti e di sfarinarti i capelli, come diresti tu.

Hai fatto riprendere fiato alle mie parole, e adesso scrivere è naturale come allargare i polmoni su questi giornali. Da dove ti arrivano queste magie per me?

Quando mi spogli e mi guardi, vuoi vedere ogni imperfezione, se ci sono graffi, parti meno lucenti. E tu con in bocca un cioccolatino al liquore che ti si squaglia sulla lingua mi dici che è un sentimento che sale, richiede ali, si accontenta di saliva. «Sento di amare il tuo procedere lento, l'accanito rispetto per la complessità del vivere, e m'innamora, parola grande, anch'essa, la sensazione che provo». Mi dici.

Tu, Mioamore, che mi hai regalato Marsiglia.

«Che fai?».

Chicca è uscita dalla doccia.

«Scrivo».

«Questo lo vedo. Per il supplemento?».

«Scrivo per Marsiglia».

E le giro lo schermo in modo che possa leggere.

Legge a voce alta l'ultima riga.

«È stato lui. Mi regalò i libri di Izzo, la guida della Provenza, la musica dei Massilia Sound System. Mi diede in mano questa città chiusa in un pacco, e ne ho voluto sapere sempre più, nei libri, nella musica, nei film, nei fumetti. La cerco, ancora...».

Chicca si strofina i capelli.

«Un uomo che ti regala una città da scoprire. Non la sua, non la tua, un'altra».

«Già».

Cerco la bottiglia di Pastis che Teresa ci ha lasciato sul tavolo. Mi fa schifo, ma lo verso nel bicchiere.

«Vuoi?» chiedo a Chicca.

Lei fa cenno di sì col capo. Diamo una gottata insieme.

Mi irrita la gola questo retrogusto di liquirizia e anice.

«A volte ho avuto la sensazione che il Mioamore fosse imprigionato dentro i romanzi che leggeva, ne rimaneva come folgorato, più degli psicofarmaci che prendeva. Mi scrisse:

"È tuttora meno doloroso prendere il Prozac e lo Xanax e andare avanti"».

Chicca si veste e io mi metto a frugare fra i cd di Pierre.

«Guarda, Chicca. Paolo Conte, Gianmaria Testa...».

«Queste robe da francesi!».

«Che metto?».

«Metti Testa. Quella che canti sempre tu. Quella che fa... *lento, lento, lento...*».

Inserisco il cd, seleziono *Come le onde del mare*.

Ma certe nostre sere hanno un colore
che non sapresti dire
sospese fra l'azzurro e l'amaranto
e vibrano di un ritmo lento, lento, lento...

Chiudo i file. Spengo il computer.

Chicca mi guarda e mi dice: «E poi lo hai lasciato».

Abbasso il capo.

«Non vi siete rivisti? Non vi siete spiegati?».

«Lui mi ha detto di non farmi più sentire. Io ho ubbidito. Spiegare non so cosa c'era da spiegare. Lui diceva che aveva la forza per due, ma non si ama da soli. Per tanto tempo sono stata come imprigionata dal dolore e dal senso di colpa, una cosa mai provata prima».

«Non ti liberavi di lui».

Vado verso la finestra spalancata.

«Marsiglia ora si è fatta nera, solo il porto brulica di piccole luci. Però la gente c'è. Ecco, gli amori continuano a vivere nella tua città, dentro, ti popolano, anche se non li riconosci, anche se non dormono nel tuo letto, anche se non li vedi».

Riprendo il bicchiere dove c'è rimasto un goccio di Pastis. Lo butto giù e mentre sento l'amaro che mi rimane in bocca, Chicca mi guarda e mi fa: «Chiudi quella finestra, che c'è riscontro».

Le cicale del Mediterraneo

Ancora gonfie di sonno sul traghetto ci sediamo dalla parte sbagliata e in poco tempo siamo bagnate fradicie dalle onde. I turisti intorno paiono divertiti a vedere come le nostre magliette siano diventate guaine.

Controlliamo che la macchina fotografica non si sia bagnata.

Sentiamo la "Signora" alle nostre spalle che ci ha invitato a uscire e a visitare una delle sue "Figlie", le isole del Frioul.

Tira un vento fortissimo, il sole è alto e appena mettiamo piede su una delle isole è come se ci avessero strappato la lingua. Chicca e io finiamo per non parlarci più.

Ci sono tutti i toni del blu, che a scuola tutte le matite di quei colori te le scordavi, e poi c'è il bianco che ci acceca mentre camminiamo sulle stradine e vediamo in una conca edifici abbandonati dove nascosti ci stavano i malati.

Distendiamo l'asciugamano. Non ho occhi che per l'acqua cristallina che abbiamo davanti. È gelida. Chicca ci rinuncia. Io provo a fare due bracciate, ma poi esco e il sole è un sollievo.

Sale, macchia, vento, terra, fiato, sangue. Tu, Mioamore, useresti queste parole. Mi dicevi che i sentimenti sono finestre temporali per dirmi che spesso fra me e te non c'era differenza di età. Le nostre età non c'entravano nulla, ma "i sentimenti sono finestre temporali", comincio ora ad afferrarne il senso. Mi dicevi che sarei di quel colore che ha il vento prima dell'alba, viola e acciaio sulle dune. E mi piaceva questa immagine.

Chicca e io sonnecchiamo quasi tutto il giorno.

Rientriamo, e vedere la città dal mare è un'emozione, un gioiello che luccica tra bolle di acqua e sole.

A casa Pierre e Teresa sono pronti per portarci via.

Andiamo a cena fuori Marsiglia. Facciamo una strada che è tutta curve e monti. Di quelle strade che ci siamo solo noi, da pubblicità di qualche macchina sportiva.

Durante il viaggio Teresa e io raccontiamo a Chicca di quando siamo state da queste parti, lo scorso inverno. Facendo quella strada mi apparve d'improvviso il muro con il ritratto gigante di Zidane. Col timbro con la scritta "Made in Marseille". *Fatto bene*, pensai.

Pierre accosta a una piazzola.

Chicca guarda fuori e chiede: «Siamo arrivati?».

E Pierre replica: «Da qualche parte sì».

Scogliere a picco sul mare. Chicca sfodera l'obiettivo. Il sole sta calando. Teresa e Pierre si abbracciano appoggiati alla staccionata di legno, e la panciona spunta fertile dalle assi.

Guardami, Mioamore, io gioco con la gonna lunga plissettata, copro il sole come una tenda e poi la ritiro.

Ripartiamo e arriviamo in una caletta che si chiama Le Mugel, qui ci sta il ristorante dove mangiamo l'impepata di cozze più buona a questo mondo e non so quanto pane ci inzuppo dentro. La luna si accosta alla nostra caletta. Pierre ci dice che l'ha chiamata per noi, che ha il filo dietro come le marionette.

Cantano le cicale come impazzite.

«Pierre, ho visto che ci sono cicale in terracotta dappertutto, sono disegnate sulle tovaglie. Perché?».

«Eh sì. Cantano le cicale del Mediterraneo, qua, lontano dalla Francia intesa come unica nazione. La cicala è simbolo di totale autonomia. Si ribadisce la propria identità».

Teresa si accosta allo schienale della sedia sollevando la pancia e sorseggiando un bicchier di vino. Il suo volto è già madre. Mi sembra lo cantino anche le cicale.

La mano spezzata

Mi sveglio in piena notte. C'è silenzio in casa. Vado in bagno e incontro la gatta sullo zerbino davanti al lavabo. Apre gli occhi svegliata dalla luce, alza un po' il muso infastidita, poi reclina la testa e gli occhi spariscono fra il pelo.

Torno in sala. Chicca sta dormendo con le lenzuola che le arrivano fino al naso.

Apro il portatile, metto le cuffie. Parte il dvd.

La prima volta che vidi quel film facevo le scuole medie. L'aula del cineforum aveva quelle scomode sedie di legno in serie, donate dall'unico cinema del paese che aveva chiuso. Noi eravamo la generazione che a tre anni aveva visto *Remì* al cinema e poi il buio. Non avevamo le sale dove lanciare pop-corn e innamorarsi per la prima volta. Per andare al cinema o avevi genitori borghesi che ti portavano o si prendeva la corriera per la città con interminabili coincidenze durante i giorni festivi o aspettavi impaziente la maggiore età per spostarti in auto.

Il nostro professore ogni tanto usava le due ore d'italiano o di storia per farci vedere un film, ed era come quando porti i bambini in montagna e non hanno mai visto nevicare. C'era da trattenere l'entusiasmo e da capire che farsene, un po' di casino usciva fuori, ma il nostro prof lo sapeva gestire e, anche se nessuno si azzardava a dirglielo, gliene eravamo profondamente grati. Su quelle sedie scomode ho visto *Blade Runner*, *Il Gattopardo*, *Soldato blu*, *Sotto tiro*. Uscivo di lì sempre un po' sconvolta, spesso confusa o sudata, magari con attaccata ai pantaloni qualche gomma che qualcuno aveva poggiato sulla sedia.

Quel giorno prima del cineforum c'era la lezione di educazione fisica. Giocavamo a pallamano. Ricordo il salto per prendere la palla e poi un dolore secco alla mano destra. Accoccolata in terra mi tenevo forte la mano. Il prof me la guardò, mi mise un po' di ghiaccio e mi disse che forse era da steccare, che era meglio andare al pronto soccorso. «Chiamiamo i tuoi?».

«No, i miei sono a lavorare. Se li chiamo là si spaventano. Aspettiamo che tornano a casa per pranzo».

Pensai che le ore dopo c'era il film e non me lo volevo perdere. Convinsi la professoressa di tecnica ad andare in laboratorio. Ricordo la luce fioca che usciva dall'avvolgibile e illuminava la professoressa, il suo foulard al collo e il seghetto in mano. Mi misurò la stecca di legno sulla mano che faticavo a distendere, io dissi che andava bene. Mi fasciò tutto e me lo chiuse con del nastro adesivo.

Durante il film in bianco e nero sentivo la mano gonfiarsi e il dolore diventare costante. Alcuni compagni mi prendevano in giro con quella mano di legno. Riuscii lo stesso a concentrarmi sul film, quasi da prendermi i crampi alla mano sinistra, che teneva il gomito destro, perché stavo immobile nella stessa posizione. Verso la fine del film la mia mano gonfia premeva troppo sul nastro adesivo e la liberai, mi veniva da piangere dal dolore. Il prof si avvicinò nel buio e mi chiese se avevo bisogno di aiuto. Lui mi disse che andava a chiamare i miei genitori. Mi garantì che avrei visto la fine del film.

Mentre scorrevano i titoli uscii dalla porta del cineforum con il professore e lì trovai mio babbo, che mi portò in ospedale.

Sento scuotere dolcemente il braccio.

«Monica».

Mormoro.

«Hai ancora le cuffie nelle orecchie. Che hai combinato stanotte?».

«Chicca».

«Buongiorno».

«Buongiorno, cara. Ti ho chiuso il portatile. Avevi un programma aperto... hai visto un film?».

«Sì, *Le mani sulla città*».

«Nottata leggera, eh?».

«Non riuscivo a dormire».

«Così un bel mattone in capo...».

«Lo riguardo volentieri».

«Lo hai fatto per via della tua inchiesta?».

«Sì, mi servirà» mi tiro su e mi stropiccio il viso con le mani, soprattutto intorno agli occhi «ma non è come pensi. Quando lo vidi la prima volta avevo tre dita rotte e sopportai il dolore».

«Che tortura».

«Avevo dodici anni».

«A quell'età?».

«Già».

«Te lo ricordi come fosse adesso, immagino».

«Quella stecca ridicola eccome se me la ricordo! Poi non riuscii a scrivere per una ventina di giorni».

«Ma non ti portarono all'ospedale?».

«Certo, con mio babbo. In macchina mi chiese come mi ero fatta male, ma io gli raccontai il film».

«Che bambina fusa! A me di quel film colpì la frase finale. Che quei personaggi sono il frutto della fantasia, ma non lo è il contesto sociale che li ha prodotti».

«A mio babbo raccontai che mi sembrava di stare fra tutti quegli uomini vecchi, in giacca e cravatta, con le sigarette puzzolenti che parlano in consiglio comunale e si agitano e litigano e quasi tutti sono dei bugiardi. Mi avevano dato alla testa le urla delle donne che si lamentano col sindaco all'ingresso del palazzo comunale e lui che tira fuori grosse banconote e le donne si allungano e lottano per prenderle e lui dice che è così che si fa la democrazia. E poi mi aveva colpito il costruttore che stava anche in consiglio comunale e che per difendersi diceva che era un uomo semplice, costruiva palazzi. A me che lui era semplice non mi tornava proprio. Aveva un sacco di gente che lavorava per lui e dietro la sua scrivania un'enorme cartina della città, gli bastava una telefonata per far mandare via tanta gente da quel quartiere dove lui voleva fare nuovi palazzi. E poi dissi a mio babbo che il sindaco in quel film aveva detto che l'amore per la città ci può e ci deve unire. Li univa, ma non perché l'amavano davvero quella città».

«Chissà tuo babbo».

«Lui guardava la stecca di legno e scuoteva il capo. Mi diceva che se me la ingessavano per un po' non avrei potuto fare tante cose. Pensai che per un po' non avrei potuto scrivere, neanche fare il riassunto e il commento al film, e allora lo avrei dovuto tenere a mente. Non lo avrei perso per colpa di una mano spezzata».

Le cartacce dai mercati

Sentiamo una musica che viene da sotto casa. Deve essere un sax. Facciamo colazione al porto con *navettes* al cioccolato e alla cannella e poi andiamo verso il mercato dei fiori sulla Canebière.

Squilla il cellulare.

«Ciao Monica, come va?».

«Siamo a Marsiglia».

«Ah...».

«Non te lo hanno detto in redazione?».

«Sapevo che eri via, ma...».

«Il supplemento per San Valentino da qualche parte deve cominciare».

«Mhhh, ho capito».

«Volevi dirmi qualcosa?».

«Marsiglia e l'amore?».

«Ti spieghiamo quando torniamo».

«Va bene, buona permanenza».

«Buon lavoro».

Metto il cellulare in tasca.

«Chi era?».

«Bingo».

«Vuol controllare che stiamo lavorando?».

«Bah, l'ho sentito perplesso su Marsiglia».

«Ci aveva dato libertà per le città, che vuole?».

«Non lo so, ci parlerà al ritorno».

Chicca si ferma a un banco di piante.

«Mi sarebbe piaciuto tanto occuparmene» dice mentre accarezza una foglia.

«Io ti ci vedrei bene».

«Sì, curarle, volergli bene. Qualcosa di vivo, ma che non parla».

«Non avresti Bingo che ti chiama. Acqua, luce e cambiare vasi. Non c'è bisogno di parole».

«Anche le foto non hanno parole, ma parlano. Ci siamo scelte un bel mestiere fra tutte e due, sì».

Ci fermiamo a bere il succo d'uva a un baracchino di legno.

Vendono agli dappertutto. Banchi con mazzi di agli lunghi da appendere. Le strade sono serpenti di agli. Nella bocca mi torna a gola il sapore dei tuoi spaghetti, Mioamore, che mi cucinavi al dente.

Poi andiamo verso un altro mercato, in salita e poi la piazza. Donne nere prendono in mano mutande e le misurano sui fianchi. Ci fermiamo davanti alle spezie. I colori e gli odori mi stordiscono.

«Devo prendere qualche ingrediente per Bancone».

«Bancone?».

«Per il tipo del Cavalletta».

«Ah!».

Perrier al tavolino di un bar e poi verso Cours Julien. È pieno di disegni sui muri e sui bandoni questo quartiere popolato di studenti e, mentre passa un bimbo con il monopattino e dietro una bimba con i riccioli biondo platino con lo skate, ci fermiamo al numero 34, la Savonnerie Marseillaise. Fanno il sapone con l'olio di oliva. La signora anziana del negozio blatera alcune parole in italiano. Suo padre era italiano e, come tanti rifugiati, si erano trasferiti qua, negli anni Trenta. Mi balena per la testa un documentario con una partita di calcio a Marsiglia in quegli anni con l'Italia fascista, vestita di nero.

«Ora scendiamo dagli arabi».

Chicca sorride mentre annusa un pezzo di sapone di Marsiglia.

È tutto un ribollire di gente qui fra Place du Marché des Capucins e Rue d'Aubagne. Qua è tutto più grande: tappeti di ciniglia enormi, borse enormi, spugne enormi attaccate ai negozi e persino pentoloni enormi per il cous-cous. Vedo peperoni che sembrano meloni, un pomodoro che sembra una zucca, un gatto su una bilancia. Odori dolciastri, di torrone, di zucchero, ma anche fritti, colonie pesanti, spezie, calce, polvere. I muri respirano, le porte sono bocche, le finestre anime, i tetti pensano.

Ci sediamo a un tavolino. Una donna di fianco a noi allatta un bambino. La vecchia del bar si stupisce perché chiediamo un tè alla menta. Non ci porta quello caldo dolce, non ce l'ha, ma ci indica il tè in lattina e fresco. Il tè in lattina ci mette tristezza e ordiniamo un caffè. Se sei un marsigliese sai dove si può avere un tè alla menta e dove no. La vecchia non smette di lanciarci occhiatacce.

Mi incanto a guardare un ragazzo che smuove un muro di cassette di legno. E poi più in là una famigliola che sta facendo merenda sopra una macchina nel mezzo del mercato. Hanno cartacce sul cruscotto, della frutta che squagliandosi cola sulle maglie e forse l'amore è tutto qui. E mentre lo penso, Chicca toglie il tappo all'obiettivo ed è una magia, ma accade davvero, noi siamo sedute e la bocca di lei si avvicina a quella di lui, e intanto i due bambini si strattonano la maglietta.

Sento il click della macchina fotografica. Chicca mi guarda con un sorriso a raggera e mi strizza l'occhio.

Tiro fuori il quadernetto. Scrivo.

Ho la sensazione di star conservando attimi affinché un giorno vengano liberati in un'essenza di vapore che avvolgerà la stanza, la strada, l'orizzonte dal quale arriverà. E renderò tutto uno splendido cortile dove corteggerò chi regnerà alla mia corte, se saprà essere accorto e non per un tempo talmente corto da non accorgermene.

Si alza una folata di vento che fa volare lo scontrino dal tavolino e altre cartacce salgono in aria, fanno capriole sempre più lontane.

«Pierre dice che a Marsiglia tira sempre vento e che quindi non potranno mai creare una città pulita. Neanche col progetto del porto nuovo, neanche col TGV che scarica parigini come polli d'allevamento. Perché Pierre dice che le cartacce dei quartieri di periferia o del centro arabo arriveranno sempre nei quartieri ricchi» dico a Chicca.

L'amore non è pulito, Mioamore. Non è neanche sporco. L'amore è macchiato e quelle cartacce che arrivano dal cielo, poi, te le ritrovi ai piedi.

Entre chien et loup

Siamo da Dédé, un ristorante che sforna pizze, ti chiamano al microfono e tu le vai a prendere per poi mangiarle sulla spiaggia. Sentiamo chiamare "Teresà" e sono le nostre. Emmenthal e acciughe e una bella boccia di vino bianco.

Teresa ha un bikini ridottissimo e la vita addosso a lei sembra proprio esplodere.

Mi metto a raccogliere i frammenti di vetro levigati dal mare mentre l'emmenthal mi si scioglie in bocca. Ripenso al sudicio di questa città, a quante bottiglie abbandonate lungo il porto dopo nottate da ubriachi o spaccate per essere puntate sotto alla gola. Per poi, guarda te, diventare frammenti rotondi e lucidi.

Teresa dice: «Il sole se ne sta andando».

Pierre risponde: «Va a trovare gli altri, sennò non può mica stare sempre da noi».

E Chicca, sussurrandomi all'orecchio: «In francese si dice *entre chien et loup*, capisci? Tra il cane, che è il giorno, e la notte, che è il lupo. Quell'ora in cui non si distingue».

E immagino dietro al sole denti aguzzi e un ululato spaventoso.

A contarli

Con una bottiglia di Perrier in mano mentre il mondo mi scorreva davanti come su un tapis roulant, ti ho sfiorato col pensiero, da Marsiglia. E qualche ingrediente da là te l'ho preso.

Devo raccogliere il coraggio e tornare al Cavalletta, a quel bancone verde menta, tra tutti quei fighetti.

Ci vado. Lunedì non ci sei. Martedì non ci sei di nuovo. Ma c'eri sempre le altre sere. E ora?

Pare che non ci sei da qualche giorno.

Mercoledì e giovedì ci vanno la Pix e la Ale, ma niente.

La Ale mi prende in giro, dice che sei diventato un barman di successo e ti hanno chiamato a un cocktail bar di Versace a New York. Per me sei in ferie.

Il venerdì arriva la telefonata della Lina. Lei sa.

«L'ho saputo. Si è fatto male a una gamba e ne avrà per venticinque giorni».

«Te lo ha detto proprio lui?».

«Sì. Era al Cavalletta, fasciato e con le stampelle».

Venticinque giorni? Solo a contarli non passano mai.

Quelle cose patetiche

«Matteo, vuoi dell'altro vino?».

«Si dice di no?».

Chicca e Matteo sono a cena da me. Lui passava di qua, diretto in Svizzera, così si è fermato a trovarci. Fa video e documentari e sa un sacco di lingue, in più ha sempre degli agganci giusti per il nostro lavoro. Chicca dice che ha anche un debole per me.

«Vedi, Matteo, Chicca e io dobbiamo fare questo lavoro per San Valentino» dico io.

«Oddio, quelle cose patetiche!» fa Matteo.

«Sì, quelle cose patetiche, ma è lavoro, sai com'è» puntualizzo.

«Un attimo, le mie foto non sono patetiche. Ho stampato quelle di Marsiglia e non sono per niente patetiche» interviene Chicca.

«C'è Marsiglia fra le città?» chiede Matteo.

«Sì» rispondo io.

«Interessante» fa lui.

«Vedi, lo dico io che non è patetico» dice Chicca.

«San Valentino è patetico, solo che noi ne approfittiamo...» dico io.

«Per andare nelle città che vi piacciono» dice divertito Matteo.

«No, Matteo. Ma per chi ci prendi? Credi che andiamo in vacanza? Credi che ci rimborsino molto?» fa Chicca decisa.

«Spiccioli, Matteo, spiccioli! Scriviamo e fotografiamo

città particolari, importanti per noi. In un modo non patetico, ecco» preciso.

«Che non siano città molto lontane, sennò ci rimettete» dice Matteo.

«Abbiamo un budget e cerchiamo di rientrarci, poi per le città, ecco, abbiamo una certa libertà. Di alcune possiamo fare articoli più ampi, di altre meno, e poi possiamo utilizzare del materiale che abbiamo già...» dico.

«Sì, non è che torniamo a far visita a tutte...» dice Chicca.

Matteo ci guarda incuriosito. «Interessante. Sarei curioso di sapere quali città ci volete mettere voi due».

Chicca mi guarda come a chiedermi la stessa cosa.

«Vediamo via via. Qualche idea l'abbiamo» dico io.

«Per esempio la Puglia» mi segue Chicca «e tu ci puoi aiutare, vero?».

«La Puglia non è una città» e mi punta come un cane da caccia.

Lo scorso anno era con noi in Puglia, l'estate, in giro per le feste nel Salento. Lo abbiamo conosciuto che stava facendo un reportage sulle pizziche e le tarante, visto che sono tornate di moda. Mi ballava intorno con le braccia allargate, mi imbarazzava tanto e cercavo di non concedergli mai uno sguardo.

Come fare a spiegargli, ora? La Puglia non è una città, hai ragione. È un pezzo sul Mediterraneo, una striscia di terra che in un giorno puoi vedere sia l'alba che il tramonto. Se l'Italia è uno stivale, la Puglia è il suo tacco a spillo, eccitante, vertiginoso e pericoloso.

Non lo indosserei per te, Matteo.

«La Puglia, lo sai meglio di noi, cosa è» dice Chicca, cercando di fare leva sul suo orgoglio e per togliere l'imbarazzo. «Il corteggiamento, quei balli nelle vene, quel tamburello pulsante e poi, dai, quella magia all'estremo, dove si incontrano lo Ionio e l'Adriatico. Monica, ricordi?».

«L'amore, come due mari che si incontrano» fa Matteo in tono ironico.

«Anche» aggiungo io.

Ma non vedo ora quel mare verde e poi blu e poi celeste, a strati come una torta. Vedo il cd che mi regali, Mioamore, quello della musica dei balli della tua terra, quando ancora non eravamo un noi. E poi vedo quando mi hai portato dove sei nato, da dove nasceva tutta quella tua sofferenza di bambino, in quella perla fatta di calce bianca poggiata su una conchiglia di terra, di morosi, di ulivi secolari che sembrano contorcersi dal dolore e di terra rossa che corre a spegnersi verso il mare. E poi l'amore, dietro una tenda scacciamosche, in una masseria.

«In effetti non mi sembra poi male inserirci la Puglia» fa Matteo.

«Non è male, no» fa Chicca. «Se ci lasci spiegare capisci».

«Non capisco, prima mi parlate di città, poi ci mettete il mare, il ballo...».

«Si parla d'amore, Matteo. Si parla di città, luoghi, mari, mettila come vuoi. Qualcosa che ti dia un'emozione da descrivere» lo guardo versandogli ancora del vino.

«Potrebbe essere il mondo, lo capisci? Solo che abbiamo qualche mese di lavoro, pochi soldi, dobbiamo selezionare».

«Ho capito, ma mi incuriosiva come selezionate».

Chicca si alza. «Io faccio il caffè».

«Città e luoghi che abbiamo visto o che magari qualcuno ci ha raccontato, ma abbiamo bisogno di descrizioni e di emozioni. E delle foto, certo, non banali, e Chicca è una garanzia. Un po' d'istinto e pochi soldi, il che limita».

«Materiale sulla Puglia ne abbiamo, no?» finalmente è lui che va al sodo.

«Appunto, ti vogliamo coinvolgere sulla Puglia. Se ci presti i tuoi video sarà come tornarci, e magari inseriamo il tuo nome, i tuoi documentari».

«Ci sto. Siete due pazze, ma ci sto».
«Perfetto» faccio io.
«E ora? Non mi avevate detto che mi portavate a vivere?».
«Sì, si va» si alza Chicca sventolando la chiave dell'auto.

Telodicodopo

Lo portiamo al Cavalletta. Gli avevamo parlato di questo posto pieno di gente che si dà arie e lui, curioso com'è, lo voleva vedere. Prendo Chicca per un braccio e le faccio: «Mi sento qualcosa».

Arrivo al bancone e c'è lui.

Tutto di rosso vestito. Ma come? Mi sorride. Prendiamo i soliti mojito.

«Ma non eri infortunato?» chiedo di qua dal bancone.

«Sì, ma sto un po' meglio» risponde di là dal bancone.

«Non mi aspettavo di vederti» dico.

Matteo ordina una birra. Il nostro barista gli chiede: «Di solito devo sapere due cose, misura e colore».

Matteo rimane basito mentre Chicca, pronta, spara: «E che fai, il sarto?».

E lui: «Sardo? Sì, sono sardo».

Si ride e non siamo più dei paletti in piedi davanti al bancone.

Pago tutto. E lui mi chiede: «Ti offendi se ti faccio uno sconto?».

Se me lo chiedi così, non mi offendo.

Si consumano i sorrisi davanti a quel bancone.

Matteo mi fa cenno di andare a sedersi, un po' infastidito dall'attenzione dietro quel bancone. Lo accontento.

«Quel tipo al bancone ti lancia delle occhiate» fa Matteo.

«Ci conosciamo» mento.

Si chiacchiera di Puglia e di lavoro.

«E le tue inchieste oltre a questi supplementi amorosi?» mi chiede Matteo sufficientemente ironico da innervosirmi.

«Ne ho una bella tosta aperta. Ci sto lavorando» dico mentre gioco con la cannuccia.

«E dove vai a ficcare il naso a questo giro?» mi chiede Matteo mentre sorseggia la sua birra.

«Vicino. Fin troppo vicino».

«Fai la preziosa?».

«Matteo, lo sai, quando avrò voglia di parlartene...».

«Se hai bisogno di una mano» e fa scorrere la sua mano verso la mia.

«Lo sa» interviene Chicca. «Dacci una mano sulla Puglia, che prima sbrighiamo queste cose futili, anzi patetiche» sottolinea con la voce «e prima Monica torna alle sue inchieste».

Giunge l'ora di riaccompagnare Matteo alla macchina, che l'ha lasciata sotto casa mia per la partenza verso la Svizzera.

Vado al bancone per salutare. La gente lievita lì davanti e io divento sempre più piccola, ma lui riesce a vedermi. Gli dico che devo andare. Lui mi fa: «Mi volevi dire qualcosa? I tuoi amici possono aspettare un minuto?».

Arriva ancora gente e tu devi fare tremila cocktail e io scivolo via. Non posso aspettare. Chicca mi sussurra: «Torniamo dopo».

Matteo mi abbraccia. «Stai attenta alle città e agli uomini».

Scuoto il capo come a dirgli di sì.

Si rifà la strada. Chicca mi parla di strategie davanti al bancone: «Devi dirgli che stasera non passi la serata qui, che vai giù. Così lui sta in città e magari si scende insieme, poi si vede. Tanto puoi rimanere da me».

Arriviamo. Io sono già in pallone. Devo riavvicinarmi al bancone. Ogni volta è uno scoglio, provo a cercare l'onda che mi dia la spinta per risalirlo, ma torno indietro e ho troppa paura di sfregare la pelle sulla roccia.

Chicca è sui gradini che mi aspetta.

Appena mi avvicino mi dice: «Pensavo te ne fossi andata, credevo di essere stato scortese».

«No, è che dovevo riaccompagnare il mio amico».

«E adesso sei più tranquilla?».

«Sì. È che questo bancone è terribile. Se non chiedi subito quello che vuoi, tutti ti passano avanti» dico d'un fiato.

Mi sorridi. Chiedo che fai dopo, dopo il lavoro. Gli dico che io non rimango qui, testuali parole, che scendo giù, mi chiedi dove, ti dico in città.

«Ma come? Proprio stasera che rimango qua. Ho affittato casa qua per due mesi».

Casa *qua*. *Qua*. E mi prende un po' di paura. Ma lui è veloce. «Stasera, proprio stasera. Mi dispiace».

Ecco, ora c'è un problema. Ma si avvicina troppa gente. È il vivo della serata. Si sommano uno dopo l'altro, uno sull'altro su questo bancone, e io rimango dietro, schiacciata.

«Te lo dico dopo».

Quel *telodicodopo* suona come un'ascia.

Chicca non crede alle mie parole. Lui *qua*?

Chicca dice che sparo una serie di stronzate, che devo andare a riprendermelo, quel dopo. Ma io sono immobile su quei gradini. Non ce la faccio. C'è tutta quella gente dietro, davanti, intorno a quel bancone. Mi prende malissimo.

E poi Chicca, dopo innumerevoli tentativi, mi preme sull'orgoglio: «Con il lavoro che fai, con le inchieste che hai pubblicato, ma come? Hai girato per quartieri e città che fanno paura solo a pensarci, ora non hai il coraggio di avvicinarti a quel bancone? No, Monica, dai».

Allora mi alzo e vado a sentire quel *telodicodopo*.

«Cosa mi dovevi dire? Spiegami».

«È che ho preso casa con un mio amico. Stasera è la prima sera e c'è anche lui, non so». Poi aggiunge: «Casa libera ce l'ho il mercoledì e il sabato, se proprio serve una casa libera. Tu che volevi fare?».

«Parlare». Mi sento sprofondare.

«Io te lo devo dire. Questa cosa mi sta affascinando, ma devo anche mantenere una certa razionalità. Qua ci lavoro».

A chi lo dici? Nella mente si offuscano i pensieri. E lui continua: «E anche, ti dico, che hai forse trovato l'unico modo possibile».

Il mio biglietto, gli ingredienti?

«Però per stasera mi dispiace».

«Fa niente» dico.

«Non ti arrabbi?».

«No».

«E invece un po' sì, vero?».

Sorride, prende tempo per trovare una soluzione. Ma quel tempo non lo abbiamo. Non me lo richiedere, perché sto soffrendo. Perché la gente intorno se ne va e si rimane con quella sbagliata. Non posso stare più qui.

«Io sto male qui» mi scivola dalla bocca.

«Non ci pensare. Stiamo parlando. Stai tranquilla. Il resto non esiste».

Per un attimo mi fai rilassare, quel tanto che ti basta per continuare: «Rimani, magari dopo si va al Quattrosalti».

Un altro maledetto locale.

«Ma c'è gente anche lì, e la gente è come il bancone, un ostacolo».

«Non ti credere. Anche per me. Però dai, aspetta».

E io aspetto con Chicca sui gradini che sono freddi e mi danno fastidio. Siamo rimasti veramente in pochi, solo chi ci lavora e noi. Si spegne la musica. Stiamo per alzarci, per andarcene, ma scatta una canzone che ci incolla a guardare il lago.

L'estate che veniva con le nuvole rigonfie di speranza
nuovi amori da piazzare sotto il sole
il sole che bruciava lunghe spiagge di silicio
e tu crescevi, crescevi sempre più bella

fiorivi sfiorivano le viole
e il sole batteva su di me
e tu prendevi la mia mano
mentre io aspettavo...

«Ma lo senti? Questa è per te!» fa Chicca tutta agitata.

La musica è alta, non c'è brusio di gente. Non c'è gente. Mi ascolto l'intera canzone. Penso al mio *qua*, a cosa sta succedendo mentre io aspetto te.

Mi avvicino al bancone per salutare. Mi chiede se abbiamo deciso per il Quattrosalti. Gli dico che ci vediamo lì.

Vado via e vengo osservata dai proprietari che stanno contando le mazzette di soldi dalla cassa.

Arriviamo al parcheggio del Quattrosalti, ma dico a Chicca: «No, gira, andiamo via, andiamo a casa tua».

«Convinta?» fa lei.

«Sì».

Chicca cerca il cd di Rino Gaetano per rimettermi *Sfiorivano le viole*, ma io la blocco: «No, lascia Jeff Buckley, che ci rilassa».

But love is not a victory march
It's a cold and it's a broken hallelujah...

Ma l'amore non è una marcia vittoriosa, è un alleluia freddo e spezzato. Vecchio Jeff che ti ascoltavo da ragazzina, c'hai ancora ragione.

Case di riposo

«Monica?».

«Mi chiami per Marsiglia? Scusami, è che in redazione sono sempre di corsa e tu sai che ho da fare in giro».

«No, no».

«C'è qualche articolo da scrivere? Cose urgenti? Perché io sono dietro alla cosa che sai».

«No, non ti chiamo per lavoro».

«Ah».

«Ti volevo chiedere della casa di riposo dove vai a fare quei corsi».

«Vuoi venire a ballare con me e gli anziani?».

«Guarda che da giovane me la cavavo a ballare».

«Non mi dispiacerebbe insegnare al mio direttore qualche passo».

«Saresti una piccola iena».

«Su certe rigidità mi vendicherei, ma dimmi pure».

«Mia mamma, non riesco a trovarle un posto dove stare, mi chiedevo se su da te c'è un posto, anche per un certo periodo».

«Non so. C'è sempre un casino dietro a queste cose, le liste…».

«Se puoi sentire mi fai un piacere».

«Sì, ci posso provare, però…».

«Dimmi».

«Dopo il supplemento per San Valentino e l'inchiesta aperta, mi fai fare un dossier sugli anziani, il mondo che invecchia, i servizi e queste case di riposo?».

«Ti chiedo solo di sentire, di informarti da giornalista, mica di raccomandarmi».

«Lo so. Ma ogni occasione è buona per proporti un tema sensibile».

«Per me lo è, ma sai, si intristiscono i lettori».

«Quando ballano con me gli anziani non sono tristi. Ma poi dobbiamo continuare a fare finta che tutto va bene in questo paese?».

«Monica, non cominciare».

«Ma come? Se tu non avessi tua moglie e le tue sorelle che se ne occupano e la badante per la notte...».

«Non c'è bisogno di ricordarmelo».

«E allora? Ma una volta che ti propongo un tema, non puoi tirare fuori un po' di entusiasmo?».

«Vediamo».

«Vediamo. Vediamo cosa? Che la sanità e la vecchiaia diventino fashion?».

«No, Monica. Ma siamo in tempi bui».

«Tempi bui che l'informazione sta nascondendo».

«Dai, Monica, non hai soddisfazione a fare il tuo mestiere? Hai dei bei lavori per le mani adesso, no?».

«Ma che c'entra la mia soddisfazione? Io parlo di coraggio dell'informazione. Mica ci metto la passione perché sotto l'articolo ci sono le mie iniziali».

«Lo so che cerchi altro, tu, da scrivere».

«Le redazioni dei giornali, le case editrici mi sembrano diventate case di riposo. Non solo perché sono vecchie e malate. Ma siete più rassegnati dei vecchi che vanno a morire».

«Monica...».

«Ne riparliamo, ora mi metto al lavoro».

«Se hai novità per mia mamma...».

«Non mancherò».

Stiamo già lavorando

Lasciamo all'ostello i bagagli appoggiati sopra il letto a castello.

Rigiro il cellulare fra le mani. Chicca esce dalla porta del bagno e mi chiede: «Ti ha risposto?».

«Sì. Stasera parte, quindi fra un'ora, giù al porto».

«Ti ha detto dove esattamente?».

«Piazza Banchi».

«Te lo spiego io, andiamo, sennò con l'autobus un po' ci vuole».

Genova non la conosco. Ho sempre e solo attraversato l'autostrada, fra quelle terribili trecce di asfalto che fasciano il capo a un sacco di palazzoni. E poi in quel luglio Genova non era altro che viali e grate, non una città con un nome e una storia, non era riconoscibile, non era niente. Non c'è cosa più pericolosa di una città che diventa il niente.

Mi attacco al finestrino del bus che dalla collinetta dove si trova l'ostello ci fa scendere verso il mare, dopo un paio di curve a gomito.

«Moni?».

«Sì?».

«Come ti senti?».

«Sono contenta di vederlo, con la sua nuova vita, e sono contenta di essere a Genova».

«Anch'io sono orgogliosa finalmente di fartela vedere. Però ora vai, raggiungilo!».

«Tu mi aspetti qua, vero?».

«Certo, non mi muovo dai gradini, quelli là, vedi? È uno dei miei punti preferiti dove stare».

«Dopo dobbiamo lavorare».

«Stiamo già lavorando, Moni, vai!».

Tu, io e le cosce delle puttane

Con le spalle al mare, arrivo in piazza Banchi. Da un lato c'è il chiosco dei fiori, appena sotto un palazzo con strisce di rosso mattone e di ocra, dall'altro il chiosco dell'edicola. Guardo i fiori, ma quei colori mi stordiscono. Giro lo sguardo verso l'edicola e fisso una vecchia edizione del libro di Benni, *Prima o poi l'amore arriva*. Mi prometto di comprarlo, ma dopo, che tu spunti da un lato.

Penso: *Ora sto a guardarti mentre tu mi cerchi*, e lo faccio.

Il tuo «Ciau» è un sollievo.

Parti fra poco, ma hai il tempo per un caffè.

Le tue scarpe chiuse e i miei sandali ci fanno passare dallo stretto.

Leggo una targa, "Vico dell'Amor Perfetto". Tu, io e le cosce delle puttane che sembrano uscire dai muri. E noi che stringiamo i passi per non incontrare lo scalino dove poggiano i tacchi.

Arriviamo in una piazzetta di cui afferro la luce, ma non il nome.

Due caffè, li prendi dal bancone e li porti al tavolo di ferro sotto un ombrellone bianco. Ai bordi del piattino due cioccolatini.

Mangerai il cioccolatino prima di bere il caffè, lo so. Lo fai.

Mi guardi.

Capisco di cosa mi ero innamorata: di quel flusso irregolare che ti passa da quegli occhi tagliati, mediorientali. Di quello solo, ma mi bastava. Te li vidi nello specchietto della tua auto, mentre io ero seduta dietro. Ti avevo appena conosciuto e quella luce mi stordì.

«Perché sei qui?».

«Per lavoro».

«E che inchiesta hai da fare a questo giro?».

«No, niente politica, niente indagini, niente di importante. Tu piuttosto, dimmi, come vanno i processi per il G8?».

«Più o meno uguale, Monica».

«Ma a parte il processo sui venticinque, non si decidono a fare la maledetta commissione d'inchiesta parlamentare e poi...».

«Passa il tempo e non se ne vede l'ombra. E poi, Monica, in Italia si è mai risolta la verità con le inchieste?».

«No». Chino il capo.

Lui riprende fiato: «Sai, Monica, le frasi lungo i muri, di quell'estate, cominciano a darmi fastidio, passano gli anni e...».

«Sbiadiscono?».

«No, non tutte. Loro rimangono. È nella gente, capisci?».

Genova ci fa male. Quel giorno non potevamo stare qua. Era la città senza nome, piena di gabbie per topi e di veleno sparso. Bestie dentro la Diaz, qualcosa da disinfestare, puzzavamo di mondo nuovo. E quando quel ragazzo è caduto sull'asfalto con il rotolo dello scotch al braccio, ne hanno ammazzati migliaia, dentro. "La memoria è un ingranaggio collettivo, va oleata con cura" c'è scritto sul sito del supporto legale a cui stai dietro.

«No. Non deve sbiadire».

Ricordo perfettamente i colori della confezione del tabacco che fumi. Ecco, lo hai tirato fuori.

«Posso farmi una sigaretta?» chiedo.

«Prendi» e mi allunga il tabacco.

«Sei tornata a Marsiglia, eh?».

«Sì».

«Prima o poi ci andrò anch'io. Mi hai fatto una testa» e sorride.

«Merita. E poi tu, con questa faccia da schiaffi che ti ritrovi, vedrai come ti senti a casa».

La tua smorfia alla bocca è una risposta e continui: «E Genova, perché? Che lavoro devi fare?».

«Se prometti che non mi prendi in giro, te lo dico».

«Dai, spara, promesso».

«Un libretto da allegare per San Valentino sulle città e l'amore, qualcosa del genere».

Cerchi di rimanere serio. Cerco anch'io. Ma poi scoppiamo in una risata.

Ti sta bene questa città

Ti lascio un po' giocare col nome di qualche città da inserire, ma a bruciapelo te lo chiedo, se ti sei innamorato.

Tu rispondi con un'altra domanda, la solita: «*E tu?*».

Non ho paura a dirtelo: «Io mi innamoro sempre, me li porto tutti con me» e la voce si fa bisbiglio «sono tutti il Mioamore».

«Lo fanno tutti, solo che se lo nascondono» e lo dici come se mi avessi fatto una carezza e poi te ne fossi pentito.

Scarto il mio cioccolatino.

Continui: «Si vede che non è il mio tempo, non so spiegarti il perché».

Mi sorridi.

«Ti sta bene questa città» ti dico.

«Perché?» chiedi quasi spaventato.

«Così. Non la conosco, ma te la vedo bene».

Come quando, prima di baciarmi, sentimmo *Once Upon a Time in America* di Morricone e mi dicesti che mi stava bene quella musica. Ti chiesi il perché, e tu rispondesti: «*Così*».

«Sì, comunque a Zena mi ci vedo bene anch'io».

Qui e ora arriva la pace. Si posa sulle gambe incerte di una bimba che muove il suo passeggino vicino a noi. Perché le nostre parole si dilatano, nonostante i vicoli stretti di Genova, lo so, che vanno verso il mare e lì si accovacciano come i gabbiani seduti sulle onde.

Tu devi andare, io devo ancora trovarla, questa città.

L'ultimo favore, riportami al punto di partenza, che non

vorrei perdermi. Mi allarghi le braccia e non mi perdo in quel buio. Perché da lì, dove la luce non arriva, quei tacchi lucidi dalle porte socchiuse mi hanno indicato la via.

Arrivo in piazza Caricamento con il pavimento lineare, le palme alte e scheletriche come fossero sculture di Giacometti. Un sacco di gente che passa su e giù come fosse nell'acquario che ha di fianco. E questa strada in alto, sospesa arteria, che trapassa lo sguardo.

Io devo andare oltre quel fiore bianco in metallo che sboccia dal mare, sulla sinistra. Mi chiedo dove cerca di allargare lo sguardo uno come Renzo Piano.

Ti amo gratis

Mi distendo sui gradini, Chicca non si è mossa di uno spillo.

Vicino a noi due ragazzi stanno bevendo un birrino e ragionano di neuroni rimasti nel cervello, probabilmente dopo una notte di baldorie.

«Allora?».

«Ho trovato una via che devi assolutamente fotografare».

«Ma io ti chiedevo di lui».

«Appunto, è dove mi ha portato lui» il Mioamore, un altro eppur sempre lui.

Mi guardo intorno.

«Mi sembra di iniziare a vederla ora questa città».

«Eh, la Superba».

«E poi dobbiamo andare a fotografare certe scritte sui muri, che qua si scordano cosa è stato il luglio genovese».

«Dai, Moni, prima mi devi raccontare».

«Prima scrivo, eh? Qua si sta tanto bene, su questi scalini».

«Va bene, prima scrivi».

«Ti posso dire una scritta che ho letto? È troppo carina...».

«E dilla...».

«L'amore non rinfaccia. Ti amo gratis».

Uno Squalo e una barca

Adriano ci apre lo sportello e realizza un mio sogno da bambina. Non sono mai salita su uno Squalo Familiare, che assomiglia tanto alla macchina dei *Ghostbusters*.

Per Chicca, stando dietro al giro delle barche, delle regate e dei saloni, Genova è tappa fissa. Fotografa il lusso, così campa, mica con le città e l'amore. Lì ha conosciuto un marinaio "moderno", così ha detto. Io i marinai me li immagino silenziosi che guardano verso l'orizzonte, mica come questo che non la smette di parlare.

«Vi faccio fare un giro, eh?».

«Sì» fa Chicca un po' titubante, non molto convinta della sua guida, «e se ci fermassimo da qualche parte a prendere un aperitivo?».

«Come volete, vi porto dal mio amico sul porto».

«Sì, però senza fretta, ecco» mormora Chicca mentre tiene le mani piantate sul cruscotto.

«Parlaci un po' di Genova» faccio io.

«Ma io a Genova ci sto poco, sto sempre in giro, non vi so tanto dire».

«Ah, certo».

«Ma anche voi a venire in vacanza a Genova, ma che ci cercherete?».

«Gente come te» fa Chicca.

«Non mi prendere in giro, io sono un pazzo».

«A guidare di sicuro!» dice Chicca cercando il mio consenso.

Inchiodiamo davanti al pub, vicino ai vecchi magazzini del cotone.

Non so, ma tutto va velocemente. Un mojito, due, anche qua lo fanno buono. Poi si va a cena, fra lo stretto e l'attesa per i posti e un po' di pesce e un po' di pesto. Un pakistano offre delle rose, Adriano ne prende una, poi si scusa per l'indole genovese e ne prende un'altra e ce le mette fra le mani. E lui che parla, parla. Di vari viaggi, di vari personaggi, di macchine distrutte e dei due punti che conserva sulla patente.

Poi ancora in giro, con lo Squalo che sembra ogni volta sfregare i vicoli stretti, che abbiamo sempre le mani a parare gli occhi.

«Volete vedere la mia barca?» fa a un tratto Adriano, dopo un momento prezioso di silenzio.

Chicca fa cenno di sì col capo, e con la faccia entusiasta si gira verso di me, che sto dietro e guardo il mare che si fa nero dal finestrino.

Credevo di andare al porto, invece la sua barca è in una rimessa, un po' più in là del brusio della città. Scavalchiamo una rete, lui apre poi un lucchetto di un altro recinto ed entriamo.

Adriano ci fa strada con un'attenzione e una cura che fino a ora non gli avevo visto. Nel buio il bianco delle barche adagiate, alcune coperte da teli, mi fa pensare a un vecchio ospedale per malati di peste.

«L'ho ripescata che era tutta di fango, nel fondale. Ho ricercato i documenti, un po' della sua storia, e l'ho acquistata. Era una cosa indegna, ora sta riprendendo l'aspetto di una barca» si volta Adriano nel buio. Noto solo adesso certe rughe sul suo viso e questi occhi piccoli e profondi, e certi nervi e muscoli sulle braccia magre, e le vene sul collo che si fanno corda.

Ci poggia una scaletta. La barca se ne sta un po' sollevata come su un piedistallo. Ci aiuta a salire sui pioli non troppo stabili. Ci fa aspettare. Lui si muove su quella barca come su un tappeto rosso, è elegante. Conosce ogni spigolo, riesce a farsi piccolo, basso, alto, a curvarsi, a seguire le forme, anche nel buio. Riesce ad accendere una lampadina e ci porta due birre.

«Queste non me le faccio mai mancare qua». Ce le apre con l'accendino.

Poi ci fa vedere la barca nei suoi particolari. Ce la disegna con le mani. Agita le braccia come un direttore d'orchestra, per una musica che sente solo lui, ma che gli esce dagli occhi in una patina lucida.

Ci mettiamo a sedere cercando di scansare gli attrezzi e il truciolato.

«Allora?».

Chicca è estasiata. «È bellissima!».

«Ancora no, ma lo sarà».

«È tanto che ci lavori?» chiedo.

«Sì, ce ne vuole di lavoro. Sto facendo tutto da solo. Anni e uno stonfo di soldi».

Beviamo in silenzio.

«Marì» fa Adriano rompendo un silenzio che si era fatto barattolo sottovuoto. Ha gli occhi bloccati per terra. E lo sospira, quel nome, e gli esce come farfalla, poi in aria sembra ripescarlo come con un retino.

Chicca lo scuote sul braccio.

«Chi è Marì?» chiedo stupita dalla mia stessa curiosità.

«Marì è il mio amore» fa lui con ritrovata serenità.

Il Mioamore.

«Siamo stati per tanto tempo insieme, ma lei adesso sta con un attore. Spesso la vedo in Sardegna, quando anch'io accompagno i miei clienti in barca. Non si sfugge da certe feste, da certi porti».

«Quell'ambiente...» fa Chicca con una faccia un po' arricciata.

«Appunto, Chicca, tu lo conosci bene».

Guardo il collo stretto della bottiglia.

«Fumate?» fa Adriano e tira fuori un pezzetto di fumo.

Mi offro per prepararla.

«E con chi sta adesso Marì?» fa Chicca.

Parlano di nomi che non ho mai sentito ma che Chicca riconosce.

«Che avrà lui più di me, oltre ai soldi?» fa Adriano, sempre con molta calma.

Poi apre un'altra birra. Gli passo la canna. Dà una lunga tirata e poi ci fa: «Un pensiero fisso come un cerchio che mi avvolge la testa».

Lo vedo, come un cane legato che fa il vuoto intorno calpestando l'erba.

«Devi fargli un po' di posto, dentro» dice Chicca, cercando i miei occhi.

Lui ride impiastricciato di alcol.

Genova ha il muso di un gatto grigio che vedo scavalcare la rete.

«No, no. Finirò di fare questa barca e poi me ne andrò». Dà un altro sorso. «Marì, me ne andrò». Solleva la birra.

Non parla più con noi. Ha parole solo per lei.

Le ballate nel letto a castello

«Che fai?».

Chicca si sporge dal piano di sopra del letto a castello.

«Rimetto a posto un po' di appunti» rispondo.

«Non hai sonno?» mi chiede.

«È che mi ronzano in testa ancora le parole di Adriano».

«Ma hai aperto il file sul Cavalletta» dice Chicca avvicinandosi allo schermo.

«Stai attenta che cadi di sotto a sporgerti così».

«Insomma, hai preso appunti su Genova o stai lavorando alla tua inchiesta?».

«Niente Genova, ora sono sui miei posti».

«E che c'entra Adriano?».

«Con quella sua barca…».

«Ti ha fatto venir voglia di mettere a posto un po' di cose anche a te, eh?».

«Sì. La barca per allontanarsi dalla sofferenza. Non so. Mi ha fatto pensare alle cose che mi fanno male della mia terra».

Chicca scende dalle scalette. «Hai ragione».

«E tu ora che fai?». Mi giro di fianco mentre la guardo frugare nella borsa.

«Mi metto a guardare un po' di foto. Mi hai fatto passare la voglia di dormire».

«Mi dispiace, Chicca, è un periodo che sono agitata».

«Mica te. È Adriano che fa quest'effetto. Tanto domani non ci corre dietro nessuno. Mi è venuta voglia anche a me di lavorare».

Chicca prende la sua macchina, il suo portatile e torna al piano sopra del letto.

«È una vita che non dormivo su un letto a castello» dice.

«Anch'io, forse dai tempi delle gite scolastiche» rispondo.

Chicca mette il programma musicale del pc a un volume basso.

«De André» dico quasi sospirando.

«Sì. *La ballata del Michè*».

«Non la conosco».

«Ascolta».

Vent'anni gli avevano dato
la corte decise così
perché un giorno aveva ammazzato chi voleva rubargli Marì
lo avevan perciò condannato
vent'anni in prigione a marcir
però adesso che lui s'è impiccato la porta gli devono aprir…

Nella stanza si sentono solo le parole di De André. Nella stanza si vedono solo le luci di due monitor.

Chicca si sporge di nuovo dal letto.

«Ma secondo te è meglio rifugiarsi su una barca o in un castello con ponte levatoio e coccodrilli?».

La guardo storta e poi rispondo: «I castelli sono inespugnabili, nelle favole almeno, no?».

«Sì, ma secondo me in una nave da pirati mica si starebbe male».

«Ah be', sì, ma io ora pensavo con Adriano».

«Con lui sarebbero sempre tempeste!».

Chicca seleziona *La ballata dell'amore cieco* e sussurra: «Questa sì, ne ho proprio voglia».

Morir contento e innamorato
quando a lei niente era restato

non il suo amore, non il suo bene
ma solo il sangue secco delle sue vene.

Poi la rimette dall'inizio. La cantiamo e la balliamo, e per poco Chicca non vola di sotto dal letto.

Fauto fito e il tuo sapore da rollare

Genova che mi struggi.
Intestini. Caruggi.
Genova e così sia,
mare in un'osteria.

Lo leggiamo in un sottopassaggio. I vicoli sono curve di intestino, sì, ma anche morse che stringono. Mi appunto: "Caruggi, uggia, ruggine, gomito, ginocchio, grigio, ocra".

Ritroviamo strade che sono già di ieri. Chicca sta per fare una foto, una signora con la schiena curva si blocca in attesa di sentire lo scatto. Chicca si scusa. La signora risponde: «C'ho più tempo che vita», e se ne sta immobile a guardarci.

«Chicca, quanti anni sono che vieni ai saloni nautici di Genova?».

«Credo sette, otto anni. Con la fotografia professionale ho iniziato proprio qua».

«E Adriano lo conosci bene?».

«No, macché! Al salone dello scorso anno mi chiese un'informazione su una barca che stavo fotografando. Mi colpì. Forse guardava le barche in un modo diverso dagli altri».

«Lo posso immaginare. E Marì?».

«Marì, so solo quello che ha detto. Marì, mare. Come suona il destino, eh?».

Via del Campo ci sorprende con la vetrina di Gianni Tassio, il negozio di dischi che è come un museo di De André. La moglie di Tassio è dietro al bancone, ci vede entrare e già ci parla di Fabrizio, della sua musica e della sua storia. Non ci fa avvicinare alle vetrine che già ci mostra quello che c'è dentro, vinili, articoli di giornale, foto, la famosa chitarra, la Francisco Esteve. Vede la macchina fotografica di Chicca ed è lei che ci vuol fotografare e ancora parla. Ci chiede che ci facciamo a Genova, che tanti vanno per l'acquario, ma solo gli appassionati arrivano in via Prè e nel cuore dei caruggi. Forse lei può capire.

«Cerchiamo l'amore» faccio io.

Lei sorride dolcemente. Lei ci prende sul serio.

«Allora dovete andare a Boccadasse. Non è molto distante, anche Fabrizio ci andava».

Mioamore, tu la conosci questa caletta? Ci sei stato?

Chicca non c'è mai stata, ci appuntiamo il nome e anche l'autobus per arrivarci.

Dopo un'ora là dentro e dopo aver scritto con le mani un po' tremolanti due righe sul mio piccolo quaderno rosso, riusciamo a salutarla e scendiamo verso il mare. In via di Sottoripa guardiamo alcune vetrine e gli ambulanti con magliette e chincaglierie.

Ci fermiamo in una friggitoria dove dentro c'è la gente di passaggio, nella pausa dal lavoro, e sentiamo il brulichio del dialetto, che sì, suona portoghese. Mangiamo il polpo e il baccalà fritto strette sugli sgabelli. E tutto qui è *fauto fitu*, fatto alla svelta, il cibo, ma anche le chiacchiere, le partenze e i ritorni.

Vaghiamo alla ricerca di un bar che ci possa piacere, per fermarci per un caffè, ma anche per scrivere. Ci sediamo a un tavolino verde su una strada un po' in pendenza che si chiama Salita Pollaiuoli. Chicca punta l'obiettivo sulla salita da cui arriva e va la gente. Scatta su un anziano col bastone vestito tutto elegante, di nero, col cappello, mentre gli altri intorno sembrano schegge. Io scrivo sul quadernetto. Ci portano i caffè. Ripenso ai nostri caffè, Mioamore, con quei cioccolatini. Qua non lo hanno messo, sai? Solo le buste di zucchero, e Chicca lo prende amaro. Sulla bustina leggo il nome del bar, Bar degli Specchi. La rigiro fra le mani e dietro c'è un verso di Dino Campana. La mostro a Chicca.

Entro una grotta di porcellana
sorbendo caffè
guardavo dall'invetriata la folla salire veloce.

La stiro con le dita e la ripongo con cura in tasca. Possiamo andare.

«Adriano, noi stiamo andando alla Lanterna, se vuoi venire. Ah, va bene. piazza Ferrari alle otto. Sì, sì. Monica è qui, sì, te la saluto, ciao, a dopo!».

Chicca rimette il cellulare in borsa.

«Adriano ha da fare, ma stasera vuole che andiamo a cena con lui e dei suoi amici, io gli ho detto di sì, ho fatto male?».

«Benissimo!».

«Che buffo. Ha detto che "quella cosa che spunta dritta" non riuscirà mai a vederla, quarant'anni che sta a Genova, pensa te, e non c'è mai stato».

Lungo il percorso verso la Lanterna, vediamo lo scalo merci.

Mi incanto a guardare i container rossi, blu, gialli, bianchi, arancioni. Sembrano grossi pezzi di Lego che spostano le cose. Che ce ne facciamo di tutta quella roba che ci sta dentro? I pacchi dono del capitalismo, da quelli ci siamo fatti corteggiare.

Da qua la città è lontana, le facciate sono colori forti, e spiccano il bianco delle barche e le accozzaglie di ferro, le gru e qualche altra roba da porto. Somiglia a un'istantanea disabitata, gli uomini sembra siano stati invitati ad andarsene, quando sono quelli che ci lavorano, ma non si vedono.

Anche qua siamo sole. Leggiamo i vari pannelli posti nel

percorso. Scopro il significato di "Caravana", che deriva dalla parola araba *carwan*, società. Da cui i Carbunè, gli scaricatori di porto di Genova, crearono la Compagnia dei Caravana.

Leggo qualcosa sul porto, che dice che è energia, che è capace di attirare a sé ogni cosa, ma anche di sputarla via. La gente che ci vive, affacciata a un porto, in un momento può trovarsi da un'altra parte del mondo, con un'altra vita, un'altra città, un altro amore, penso io. Mi volto verso due ragazzini con la bicicletta accasciata a terra. Si fumano una sigaretta, amoreggiano e ogni tanto si scambiano qualche bacio.

«Qua c'è pace» dico a Chicca.

«Chissà perché Adriano non c'è ancora stato» fa Chicca mentre si allontana.

Leggo qualcosa sulla Lanterna, su questo faro che è "sciabolata di luce nella notte". E poi ancora "il faro è speranza, è forza rinnovata a chi va per mare. Il faro scruta l'orizzonte per chi resta a casa: è l'assenza dell'uomo. È il sentimento ostinato di donne immobili sotto il vento di Scirocco. È attesa e speranza. Parole non pronunciate che inducono al ritorno".

Mi siedo. Chicca chissà dove è finita a fare le foto, che qua il sole sta diventando fioco e roco. Apro la tasca dello zaino per riporre gli occhiali da sole e ci trovo il tabacco.

Mi hai lasciato il tuo sapore da rollare.

Non è mai tutto uguale

«Ora vi porto su».

«Dove?».

«Al Castelletto. È l'ora giusta per portarci due belle donne come voi».

«E la cena?» chiede Chicca.

«Tanto gli altri sono sempre in ritardo» alza le spalle lui.

«Li conosci da tanto?» chiedo.

«Da una vita» e fa la sua risata da matto.

Appena arriviamo alla terrazza è silenzio.

Ce ne stiamo tutti e tre immobili.

Penso che certi spettacoli siano come preghiere. La città da qua è uno zerbino di tetti di ardesia di fronte alla porta del mare. Sembra improvvisamente disabitata, povera, disadorna. Come fossero i tetti di Parigi spogliati del lustro, o i tetti di una città araba accesi di luce di cenere. È incredibile, perché dal mare le facciate sono colorate e da qua invece sembra tutto una fodera grigia.

«C'è chi ha detto che Genova è come una città capovolta» fa Adriano «perché i tetti sono grigi e le strade rosse».

«Le strade rosse?» chiedo.

«Qua ormai no, ma dalle parti mie ancora sì. Le famose "Crêuza de mä"...».

«Le mulattiere di mare» fa Chicca.

Umbre de muri muri de mainé, dunde ne vegnì duve l'è ch'ané, canticchio in testa e guardo la faccia di Adriano.

«E dove sono le tue parti?».

«A Boccadasse».

Chicca e io ci guardiamo e poi guardiamo Adriano.

«Che c'è ora?» chiede Adriano guardandoci di sbieco.

«Niente» fa Chicca «a Boccadasse ci vogliamo andare domattina. Ce ne ha parlato la signora in via del Campo, che ci andava De André, che...».

«Anche gli amici di stasera sono di là, i ragazzi di Boccadasse».

Dalla cenere dei tetti comincia ad accendersi qualche luce. Sembrano gli occhi di Adriano che si spostano qua e là ad aizzare la brace.

«Anche Marì stava a Boccadasse».

«Questa è l'ora in cui Adriano saluta la sua Marì dal Castelletto» fa una donna avvicinandosi «ma non cambi mai?».

«Giulia!» urla lui. E si stringono in un abbraccio e si baciano e si guardano e poi si stringono di nuovo.

«Ma che ci fai qui?» chiede Adriano.

«Che ci faccio qui? Sono venuta a cercarti, siamo tutti ad aspettarti».

«Non potevi chiamarmi?».

«No, tanto me lo sentivo che eri qui. E poi volevo salutarti prima di tutti». Si gira verso di noi. «Non vi ha già spaccato il capo con Marì?».

Sorridiamo.

«Adriano, non me le presenti?».

«Chicca e Monica».

«Io sono Giulia, l'amica di questo ubriacone».

Stringiamo mani e questo volto gentile e magro e libero dai capelli raccolti ci fa già simpatia.

Al ristorante ci aspettano gli altri due amici, Pizzetto e Lungo.

Capiamo subito che i quattro amici è da tanto che non si ritrovano tutti insieme e ci sentiamo un po' d'impiccio. Chicca prova a dirlo.

«Senti, non mi pare proprio il caso, mettetevi a sedere, per noi è un piacere» fa Giulia. «Forse, con voi, almeno a questo giro non si litiga» fa Pizzetto, e si vede che il suo pizzetto è lì curato da anni a giustificare il nomignolo. Lungo aggiunge: «Ci si trova, si litiga, però poi ci si ricerca, e chi lo sa perché?».

«Per quello che hai da fare tutto il giorno, Lungo» dice Adriano.

«Tu non rompere. Perché stare in giro con le barche dei ricchi si chiama lavorare?» risponde il Lungo, che è lungo davvero, magro e con i capelli quasi del tutto argentati.

«Si ordina da bere, eh?» fa Pizzetto e dà un pizzicotto sulla guancia a Giulia.

Giulia si volta verso di noi sorridente e ci strizza l'occhio. «Qua noi donne abbiamo fame e saremmo anche stufe delle vostre chiacchiere».

Così la cena va avanti. Capiamo che Pizzetto è separato, lavora a Milano e torna il fine settimana per vedere i figli. Il Lungo è ricco di famiglia e non fa altro che fumarsi canne e stare a ragionare col suo cane che si chiama Balì, ma lo ha soprannominato Kalù.

Il Lungo mentre si porta alla bocca uno stecchino chiede: «E Marì non c'è a questa cena?».

Giulia fulmina il Lungo.

Pizzetto: «Ah, Lungo, anche tu? Non l'aveva ancora rammentata…».

Chicca e io guardiamo Adriano, ma lui non si scompone, prende il bicchiere e beve. «Marì se ne è andata» dice infine.

«E tu non la inseguirai con la tua barca?».

«Lungo» fa Giulia «Marì non ha mai partecipato così tanto alle nostre cene, lei se ne voleva solo andare da Boccadasse».

«Anche da Genova, se è per quello» fa il Lungo. «Qui ci sono solo vecchi, non ci sono locali, non c'è un niente di niente da fare» incalza il Lungo.

«A me Genova manca quando sto a Milano, vuoi mettere?» fa Pizzetto.

«Ha fatto bene Marì a portarsi a letto un bel riccone e levarsi da questo pantano» dice il Lungo.

Adriano batte un colpo sul tavolo e si alza.

Chicca e io interroghiamo gli occhi intorno.

«Va a fumarsi una sigaretta e poi torna» ci dice Pizzetto.

Giulia ci racconta che lavora con i giovani immigrati di via Prè e via del Campo, dove le case cadono a pezzi.

«Mamma Magreb» fa il Lungo.

«Cos'è questa storia?» fa Pizzetto.

«Niente. Mi hanno messo sul giornale perché ormai tutti là mi appellano come mamma Magreb» fa Giulia un po' arrossendo.

Pizzetto scoppia in una risata affettuosa.

Adriano si risiede a capotavola.

«Capitano» fa Giulia. «Sei pronto per un brindisi?».

«Come sempre» fa lui di nuovo sereno «ma a cosa?».

Noi prendiamo i bicchieri. Giulia controlla che tutti abbiano del vino.

«La vostra cara Giulia aspetta un bambino, e finalmente ve lo dico che non arrivavo mica in fondo alla cena!».

E su quel tavolo è come se fossero partiti i botti nel cielo. Un gran casino di luce nei volti, di bicchieri che si scontrano, di corpi che si baciano, le risa, le incredulità. Pure Chicca e io siamo colpite.

«Basta, ragazzi» ferma tutto Giulia. «Lo sapete bene che il padre è uno stronzo, che non ci sarà mai, quindi ve lo appiopperò a voi».

Adriano la stringe a sé. «Mamma Giulia, non ti preoccupare».

«Ah, se lo dici tu si sta freschi».

Ridiamo e beviamo e si fa tardi su quel tavolino, a parlare di amori. Di quei chiodi che ti si piantano in testa, alcuni provi a levarteli, si piegano, si girano, ma non vengono via. Si continua a parlare anche ai locali della Genova modaiola, lungo la spiaggia, che ci andiamo dopo il ristorante. Ordino un altro mojito con i piedi e i pensieri sulla sabbia.

Dalle casse parte una canzone di Tenco.

Amore, amore, amore, amore, amore
su questo amore è già stato detto tutto
eppure tutti hanno ancora da dire...

Giulia la canta dalla sua sdraio. Allora Adriano la prende e la fa ballare.

Amore, amore, amore, amore, amore
ad ascoltare tutto quel che se ne dice
sembra che intorno ci sia solo gente
che oltre al grande amore
non pensa a niente...

Salutiamo tutti e ce ne andiamo con Adriano, e siamo così stanche da non ricordare il suo modo di guidare. A un certo punto si ferma su una curva, poco prima di raggiungere il nostro agognato letto. Spegne il motore, ci fa scendere, nonostante le nostre lagne e suppliche per andarsene.

«Guarda che bello che è. Tutto il porto, le luci...».

Adriano è bello alticcio, ma parla piano e dolce.

«Ogni volta che ti fermi è uno spettacolo. A seconda delle barche, a seconda di chi c'è, si sposta sempre». Riprende fiato. «Non è mai tutto uguale».

Si vede il vento

È il secondo espresso e ancora sbadigliamo. È strapieno di liquori da tutto il mondo qua, i rum dai porti, bottiglie polverose con scritte strane, e a quest'ora guardarle tutte fa girare la testa.

Questa caletta ci abbraccia e cerca di farci passare i postumi della serata sul nostro corpo. Chicca ha già azionato la macchina, appena arrivate. Le case colorate hanno qualche macchia di intonaco andato via e mi viene subito da canticchiare *La gatta* di Gino Paoli, che pare proprio sia nata qua, a Boccadasse.

«Me la cantava sempre mia nonna da piccola» fa Chicca.

Guardo i tetti, chissà quale è la soffitta.

L'ardesia sembra sia stata tritata finemente per farci la spiaggia. Un signore anziano rammenda le reti accanto alla sua barca che sembra un gabbiano addormentato, Sant'Antonio GE 8317, bianca e azzurra.

C'è pure il ristorante che sul muretto ha il nome Crêuza de mä.

Vediamo un terrazzino piccolo, quadrato, un tavolino di legno con due sedie, il canniccio a coprire e ci viene da fischiettare.

Il sole che esce ed entra dalle nuvole sembra ballare dietro a delle tende.

«Io devo stendermi» dico a Chicca.

«Arrivo tra poco. Voglio fotografare questi colori, i panni stesi, un po' in giro e poi, sì, un pisolino, ci riuscissi».

Arriccio i pantaloni fino al ginocchio, metto la borsa sotto la testa e gli occhiali per pararmi dal sole. Non c'è quasi nessuno. Mi faccio una dormitina.

Arriva un gruppo di bambini con il cappello giallo uguale per tutti. Si siedono non molto distante dal vecchio che ha in mano la rete e che non si volta neppure.

La maestra chiede loro: «Adesso mi dite che abbiamo visto».

«I gabbiani» fa un bimbo.

«Anche i gatti» fa una bambina.

«Le barche sulla spiaggia».

«I muratori a lavorare sulle facciate».

«Una signora anziana con le borse della spesa e la gobba» fa un bambino mettendosi le mani davanti alla bocca.

«La piazza Nettuno».

La piazza? Dov'è la piazza? Mi alzo e mi guardo intorno. Leggo piazza Nettuno. La caletta è anche una piazza.

«Il vento» fa una bambina.

«Il vento non si vede» sogghigna un bambino rivolto alla bambina.

«Sì che si vede! Guarda le nuvole come si muovono».

«Allora devi dire le nuvole».

«Ma non solo le nuvole, muove anche i capelli».

La maestra li richiama all'ordine, il pulmino li aspetta.

Chicca torna con due gelati in mano.

«Ho trovato il gelato alla cannella e vaniglia, va assaggiato per forza».

Prendo il cono.

«Ricordi quando eri qua per uno dei tuoi saloni e vedesti il Mioamore con la coppetta del gelato?» faccio io leccando le gocce tutte intorno al cono.

«Sì che me lo ricordo».

«Cono o coppetta fa la differenza».

«Che vuoi dire?».

«Qui c'è da mordere oltre che leccare e ciucciare».
«Sì, la coppetta è un po' da chi si contiene».
I bambini sono ormai una macchia gialla.
Racconto a Chicca della bambina che ha visto il vento.
«Che bambina, eh?».
«Sicuro che mangia il gelato con il cono».
Si vede un vento gentile accarezzarci la faccia.

Ardesia e panini

Vicino a piazza Banchi c'è la mostra sull'ardesia. Corrompiamo un'addetta per farcene regalare due quadratini. Guardiamo delle lavagne.

«Chicca, cosa scriveresti sui tetti di Genova?».

«Un enorme menù, non ti è venuta fame?».

«Prima però devo comprare un libro lì all'edicola, se c'è ancora».

Prima o poi l'amore arriva, un'edizione vecchia e usata è nella mia borsa. Dentro c'è una dedica a Cristina. Forse per lei l'amore non era ancora arrivato.

Ci fermiamo al Porto Antico, al Gran Ristoro. Sui vetri propongono centocinquanta tipi di panini.

Entriamo. È un buco, però c'è di tutto: affettati, formaggi e verdure di ogni tipo. Salsine, oli aromatizzati. Ingredienti a sfare.

Penso al bancone verde menta mentre guardo tutto questo ben di Dio dietro ai vetri.

Il ragazzo con la vestaglietta bianca e un'espressione simpatica mi guarda.

«Un panino» faccio io un po' impacciata.

«Come?» dice lui.

«Fai tu. È un casino qua scegliere».

Lui sorride comprensivo.

«Ti aiuto io. Intanto: dolce, saporito o piccante?».

«Piccante».

«Con o senza salsa?».

«Con salsa».

«Ultima cosa».

Chicca lo guarda divertita.

«Sei stanca o affamata?».

Mi giro per cercare lo sguardo di Chicca. Sta fotografando due sgabelli vuoti.

«Lo vedi che belle gambe in ferro battuto che hanno?».

Ha gli occhi lucidi, ma mentre si siede su uno sgabello riprende fiato. «Stasera andiamo in piazza delle Erbe, un bell'aperitivo con fave, salame e formaggio» fa Chicca sedendosi su.

«Dobbiamo passare al centro sociale a Sampierdarena, che devo incontrare un po' di gente per farmi dare qualche indicazione su dove andare per fare delle belle foto ricordo di Genova, caserme, vie, scuole e scritte comprese».

«Si fanno domani?».

«Sì».

«Allora domani si mangia dalla Maria, una trattoria con prezzi ottimi dove ci vanno studenti e muratori. È un'istituzione».

«Perfetto, poi una scorta di focaccia genovese e si può tornare a casa».

«Si sarà affamate, eh?».

«Io al ragazzo ho detto che si era stanche».

Cannella e spicchio d'aglio

Carissima, ti ho vista giù ieri sera. C'è qualcosa o qualcuno che ti fa penare? Se posso aiutarti, nel parco intorno alla casa si parla bene. Cordialità.

Lancio il cellulare sul letto. Ieri sera a ballare mi sentivo un elefante e avevo meno fiato di tutti i miei vecchi. Anche Aldo si è accorto che non ero in forma e non avevo voglia di parlare.

Devo eliminarlo, quel bancone. Smontarlo, levare asse dopo asse. Voglio parlargli vedendolo tutto intero, non un mezzobusto. Voglio solo che ci siano i nostri ingredienti, quelli che ci va di mescolare insieme.

Preparo un biglietto, preparo la cannella e uno spicchio d'aglio da Marsiglia, e metto tutto incartato nella plastica con le bolle d'aria.

Nel biglietto c'è scritto:

Quattro ingredienti. Fascino, razionalità, curiosità, paura?
E in quali dosi?
Giovedì ore 15.00 ai giardini dei bimbi, in fondo.
Porta gli ingredienti che vuoi.

Già, ma come faccio a darglielo?

Devo tornare in piedi davanti al bancone e richiedere l'ennesimo cocktail e non c'è nessuno che mi accompagni. La cartellina con scritto "Cavalletta" e il post-it con scritto "Chiama Bingo" mi guardano dalla scrivania.

Prendo la macchina, finestrino aperto, aria e musica, guido per quei chilometri di curve verso il lago. Scendo. Ce la posso fare. È semplice, un passo dopo un altro, che sarà mai?

Ce la faccio.

Sto per chiedere un mojito, ma lui mi guarda e mi fa: «Sabato che ti è successo?».

«Quale sabato?».

«L'ultimo che ci siamo visti, non ci dovevamo trovare al Quattrosalti?».

«Non ci sono venuta».

«Perché?».

«Perché mi è preso male».

«E perché?».

«Perché mi è preso male». È questa la risposta, ce n'è solo una, perché ne vuoi un'altra?

«Il posto, la gente?» vuole ancora sapere lui.

«Mi è preso male». E se vuoi capire, capisci.

«E gli altri giorni?».

«Non ero qua, ero a Genova per lavoro».

«E ci saranno altre occasioni?».

Sorrido. Ma lui vuole una risposta.

«È una domanda, chiedo» precisa.

Non rispondo e gli allungo gli ingredienti e il biglietto.

Adesso potrei anche andarmene, ma mi godo la potenza di avercela fatta. Ce l'ho fatta. Sento che mi gonfio come un palloncino e che se non sto attenta prendo il volo. Ma il suo sguardo è come una mano che trattiene il filo.

Mi guarda complice.

Allora vieni? Allora ci sarai?

Mi chiama con gli occhi verso il bancone.

«Non so dov'è questo posto».

Te lo spiego. Capisci il luogo. Pure l'ora ti sta bene.

Buonanotte. Corro verso il parcheggio e sorrido. Ora, Moni, torna a casa e mettiti a lavorare su quel bancone.

Mentre io aspettavo te

Sono ai giardini. I capelli bagnati dopo la doccia.

I pensieri sbatacchiano col vento e si sbriciolano come le foglie che stritolo fra le mani.

Sono arrivata qualche minuto prima. Ti voglio vedere intero che procedi incerto, che scruti fra i cespugli, che cammini a zig-zag per scansare i giochi dei bimbi e i bimbi che trottano, che guardi ogni panchina e ogni volto che l'accompagna per ritrovarci il mio.

Ma non arrivi. Già alle 15.05 ho sentito che non saresti venuto.

I miei capelli sono già asciutti. Il giardino si popola di ragazzetti.

Nelle favole questo non sarebbe successo.

Ma qui ci siamo io e il mio *qua*. C'è il muro brutto con le scritte. Il caldo ha seccato l'erba e non è tanto comodo starci seduta.

Tu non arrivi e mi sento un po' svuotare. Vanno via, per conto loro, le immagini di questo ultimo periodo. La prima volta che ti ho visto. Che non riuscivo a staccarti gli occhi di dosso. Che ero andata lì con mio fratello Vanni e la sua ragazza per un aperitivo, che tanto io in quel posto ci andrò poche volte, mi conosco, come conviene al mio lavoro, e invece. Ci sono tornata. Ti ho osservato per qualche sera prima di darti il primo biglietto. Ti ho visto scherzare con i tuoi amici. Ti ho visto preparare i bicchieri. Giocare con le bacchette o fare cannocchiali con gli shaker e guardare nella mia direzione.

E ora dove sei?

Perché non vieni?

È inutile continuare a stare qui.

Ho rimescolato gli ingredienti sulla lingua. E mi viene in mente un proverbio del Mali, forse letto in un incarto dei cioccolatini: *Quando tieni uno scorpione in bocca, devi sapere dove va tenuta la lingua*.

La *Carmen* e la formula magica

Stasera ho il biglietto per la *Carmen*. La prima volta all'opera ed è all'aperto, sul lago.

Ho già sentito la Ale. Quando finisce ci vediamo, tanto mi sa che lei raggiunge prima di me il bancone verde menta.

Scopro che lo spettacolo finisce all'una e trenta.

Troppo tardi per poi raggiungere la Ale.

Ma a lui devo far sapere qualcosa.

Ci mettiamo d'accordo via SMS con la Ale. Dagli pure la formula magica, il mio numero di telefono. Lei mi chiede se a parole o biglietto. Biglietto, vai, così mi riconosce.

Comincia la musica. È bellissima. La scenografia, i musicisti, i costumi. E mi vengono le lacrime agli occhi quando entra Carmen.

Ale non ci riesce, mi dice via SMS che non trova il momento giusto.

E lo spettacolo va avanti.

C'è freddo al lago. Molti rinunciano allo spettacolo e se ne vanno, cittadini vestiti troppo leggeri. Io rimango, resisto, ho il maglione pesante e un giubbetto.

Ale ce la fa. Mi manda un messaggio. Lui le ha detto che non aveva potuto avvertirmi. La Ale gli ha risposto che ora può.

Siamo agli applausi finali.

Carmen è stata uccisa.

Aveva rifiutato un uomo senza coraggio che l'aveva annoiata.

La gente vuol sognare

Squilla il telefono.

Sarà lui?

«Pronto?».

«Monica buongiorno, disturbo?».

«No».

«Ti sei alzata da poco?».

«No».

«Mi sembri un po' giù di tono».

«No».

«Che c'è?».

«Dimmi tu. Perché mi hai chiamato? Per tua mamma ti ho mandato una mail, ancora non so se ci sono novità. Non sono tornata alla casa di riposo».

«Sì, avevo letto. Non ti chiamo per quello. È che non ti si vede in ufficio da un bel pezzo e...».

«Lavoro da casa in questi giorni, e poi lo sai che sono stata fuori».

«Sì, appunto».

«Cosa c'è?».

«Ma che città ci vuoi mettere nell'allegato?».

«Ancora? Non avevamo accordi che sceglievamo noi?».

«Sì, ma...».

«Cosa ma?».

«Marsiglia, Genova...».

«Ti sono arrivate le pezze d'appoggio per i rimborsi?».

«Sì».

«Non mi fare storie, perché con Chicca non s'è speso quasi nulla».

«No, infatti. Non è quello».

«Non ti piacciono le città?».

«Non le capisco».

«È già una risposta intelligente».

«Ah, Monica, ora non ti allargare, eh!».

«Scusa, mi sono svegliata male».

«L'ho sentito subito».

«Scusami, davvero...».

«Che città ci vuoi mettere oltre a Genova e Marsiglia?».

«Intanto non penso che faremo tanti viaggi».

«Questo è già buono».

«Te lo avevo detto che il costo era il nostro lavoro e poco più».

«Bene, questo l'ho capito. Ma le città, Monica...».

«Le città? Abbiamo del materiale. Pensavamo anche di metterci Torino».

«Torino?».

«Torino. Non male, vero?».

«L'amore, Monica, l'amore».

«L'amore, sì. Chicca ha fatto delle foto e poi io sto buttando giù dei pezzi. Te li manderò, non ti preoccupare».

«Non mi preoccupa quello, sei puntuale con le scadenze. Sono le città. Se dico Marsiglia si pensa alle banlieue, se dico Genova si pensa al G8, se dico Torino si pensa...».

«Che il sindacato è tornato a Mirafiori dopo trent'anni? O a Lapo con la felpa con scritto Fiat? O a Montezemolo, alle scommesse su quando entrerà in politica, lui che poveretto va in fabbrica tutti i giorni per prendere più di ottocento volte lo stipendio degli operai? E alle opere collegate alle olimpiadi per il lifting della vecchia regina dell'industria italiana? E alla TAV ci pensano o quella esce fuori solo se dico Val di Susa?».

«Non sono cose romantiche».

«Sono fatti, cose che succedono, questioni che hanno dietro ragioni, motivazioni, meccanismi. È bene che ci si pensi a questo mondo, e in questo mondo ci sono queste città. Vogliamo scrivere solo pezzi anestetici? Sennò basta scrivere: "Se andate a Torino copritevi perché fa freddo", direbbe così la televisione. Informiamo o facciamo finta?».

Sento solo un colpo di tosse.

«Guarda, mi hai dato un'idea. Insieme alle città ci metto anche qualche evento collegato, con qualche dato, stile una finestra con scritto: "Ricorda". La gente non può smettere di ricordare, neanche quando viaggia. Neanche quando si innamora. Io con questo spirito ho accettato questo lavoro, lo capisci?».

«La gente vuol sognare, Monica».

Anch'io voglio sognare e sognavo che non eri tu a chiamarmi.

«La gente vuole anche essere pagata. Non mi è arrivato il bonifico del lavoro che ho consegnato sette mesi fa. Ho l'affitto…».

«Faccio controllare».

«Ecco, grazie».

«Mi fai sapere delle città, vero?».

«Sì, ti mando le bozze delle pagine delle città appena le montiamo. Ma ci tieni così tanto a questa stronzata di San Valentino? I miei lavori seri, le inchieste, per quelli non mi chiami mai? Ne ho una aperta e lo sai».

«Ma al telefono…».

«Se è per quello neanche in ufficio».

«Non è vero, Monica».

«Ah, no?».

«Non è una stronzata il lavoro per San Valentino».

«Vedi, sempre lì torni. Stiamo cercando di non farla diventare tale, se ti fidi».

«Va bene. Al massimo se non mi piace non ti rinnovo il contratto».

«Scherzerai!».

«Buon lavoro, Monica».

Riattacco.

Bussano alla porta.

«Ma il campanello non funziona?».

«No, qua non funziona una mazza».

«Era tanto che bussavo».

«Ero al telefono».

«Moni, che hai fatto? Hai una faccia».

«Chicca, e se stiamo sbagliando con queste città?».

«Che ti è preso ora?».

«Mi ha chiamato Bingo».

«E che ti ha detto?».

«Non era molto soddisfatto delle città, di Marsiglia, di Genova, di Torino».

«Quando vedrà le foto...».

«Se va male non mi rinnova il contratto».

«Scherzava».

«Mah...».

«Va bene, cioè non va bene». Chicca inizia ad aprire il suo zaino. «Però, Monica, anche noi non stiamo scherzando. Guarda che foto ti ho portato».

Tira fuori strisce di provini.

«Io lo vedo che questo libro si sta formando pagina per pagina. Ho letto anche le cose che mi hai mandato via mail e sono splendide, toste e dolci allo stesso tempo, appena vedi le foto si uniscono...».

«Ma serve farsi male con le nostre città?».

«Non sono le città che fanno male».

«Hai capito quello che voglio dire, non fare come Bingo che gira intorno ai discorsi».

«Moni, stai scrivendo dei tuoi uomini e anche delle storie

che senti in queste città. C'è l'amore, ci sono anche il mio e quello degli altri. Non è solo il tuo amore».

«Ma a te che effetto ti fa fotografare due sedie vuote?».

«Lo sai che mi fa. Male, mi fa. Ma ne ho anche bisogno… Dobbiamo continuare. Abbiamo iniziato, abbiamo investito dei soldi e del tempo. E soprattutto viviamo di questo, come ti ha detto Bancone, qua dentro» e si porta la mano dal collo all'intestino.

«Ora anche tu lo chiami Bancone. Sto creando mostri».

«Ma ti ha chiamato?».

«No, niente».

«Stasera ci andiamo».

«Funzionerà?».

«Con Bancone?».

«Macché Bancone».

«Il lavoro?».

«Tutto quello che stiamo facendo».

«Bingo metterà la tua foto sulla sua scrivania e ti venererà come una dea».

«Smettila».

«Funzionerà. Le vuoi guardare o no queste foto?».

Anche tu, come me?

È un bel venerdì sera. Chicca e io abbiamo lavorato tutto il giorno con tanto entusiasmo che arrivare a sera è stato quasi un dispiacere.

Mi fermo davanti al bancone.

Il benvenuto è un buonasera caldo avvolto in una casacca bianca.

E poi le scuse. Aveva da fare un sacco di cose, non mi poteva avvertire e ieri sera dopo l'una e mezza aveva il cellulare scarico, oggi appena alzato è venuto qui al lavoro.

Mi fa assaggiare uno shottino che ha preparato di fronte a me.

«È piccante» faccio.

«Peperoncino. È un ingrediente» e mi sorride.

«Prima o poi gli ingredienti li dovrai preparare».

«In realtà li avevo già pronti».

Mi prepara i cocktail mio e di Chicca.

«Mi spiace per l'altra sera, ma non potevo. Avrei preferito esserci io». Mi vergogno di aver mandato la Ale.

«Avrei preferito anch'io» mi dice. «Ma ho apprezzato lo stesso».

Mi allontano.

Non voglio scuse. Voglio solo togliere quel muro di legno che ci sega i corpi a metà, che ci fa urlare per capirci, che ci distingue in due ruoli ben precisi.

Torno al tavolo.

Prendo il blocchettino, ne stacco un foglietto e scrivo.

Alcuni ingredienti sono fatti di pensieri e i pensieri cambiano. Altri ingredienti possono evaporare, altri ancora andare a male ed emanare cattivi odori. Voglio che gli ingredienti si posino dove il verde menta ha ancora un senso. Dammi un segnale, un ingrediente per arrivare a domani.

Più o meno questo gli ho scritto.

E di nuovo, con fatica, trovare il modo per darglielo.

Mi avvicino. Lui vede il biglietto fra le mani. Capisce che deve avvicinarsi. Lo fa senza farsi notare da nessuno, mette la mano vicino alla mia e io piazzo il foglietto sotto le sue dita.

Mi allontano.

Mi sento chiamare.

Monica? Mi dai un nome? Il mio?

Mi volto incredula.

«Te ne vai?» mi chiede.

«No». In realtà stavo andando in bagno.

«Sicura?».

Poi viene davvero l'ora di andarsene. Mi avvicino al bancone. Lui mi parla da dietro la colonnina di legno.

«Mi incuriosisci tanto, davvero, e non voglio perdere questa cosa. Ma lavoro molto e ho da fare anche in città. Ho altri lavori, non so se te lo avevo detto. E quindi non so, per trovarsi, come fare...».

Abbasso gli occhi. Anch'io ho altri lavori, faccio ballare i vecchi e poi sai, ho un'inchiesta su questo locale, sul lago, sulle grandi opere di qua, su quelle facce che ti circondano. Se solo sapessi.

«Ti lascio il mio, di numero».

«No, non me lo ricordo a memoria».

«Aspetta, te lo scrivo, così vedi anche la calligrafia». Mi sorride, ancora.

Arriva la sua mano prima di lui. Si poggia sul bancone, cerca la mia. La raggiunge, ma si sofferma. Mi sfiora, cammina con le dita sopra la mano, il polso.

Ora sì che mi sento male. Mi sembra che ci stia interminabili minuti. Mi sembra di sentirmi la mano per la prima volta, su quel bancone. Tutto il mio corpo guarda e sente solo la mano.

Prendo il biglietto e lo custodisco chiuso fra le dita.

Sto andando, ma tu, mentre cammino di fianco al bancone, mi dici qualcosa sulle persone, e poi sulle montagne, e non so se me lo invento ma io capisco: «Sei una delle poche persone che sa scavalcare montagne», e allunghi la mano e con dolcezza mi scuoti la testa.

Mentre raggiungo la macchina con Chicca, apro il biglietto. L'intestazione dello scontrino del Cavalletta, con quell'insetto verde stilizzato, come l'insegna. Il numero e sotto il tuo nome. Sotto ancora il disegno di una faccia che sorride con in mano un cocktail. Tu.

Anche tu fai disegnini? Anche tu, come me?

Il gianduiotto con sopra scritto buonanotte

Sono piccola, ho otto anni e sono in classe. Mi avvicino alla cattedra vuota. Aspetto che la maestra arrivi, ma non arriva nessuno. Poi capisco che è un sogno e sento che mi sto svegliando e avverto l'aria quasi buia. Poi mormoro piano una frase: «Ritorno al mio bancone». Mi ascolto parlare e mi sveglio.

Mi servo un caffè fumante. Lego i capelli che stamani sembrano ragnatele sul viso. Sul tavolo, vicino alla tazzina, ritrovo lo scontrino dove hai segnato il tuo numero. Lo distendo e lo attacco alla bacheca di sughero sopra il tavolo. Chicca dice che pare la bacheca di qualche poliziotto che indaga su un serial killer. C'ho appeso foto e cartoline. Ne prendo una lunga e stretta. C'è il fiume circondato da colori autunnali. E poi un'altra in bianco e nero dove dai giardini innevati si leva dietro, come un'ombra, la Mole Antonelliana. Faccio per riattaccare le cartoline sulla bacheca che la puntina si spezza.

«Torino, maledizione!» mormoro mentre appoggio le cartoline vicino al portatile che accendo.

Compongo un numero al telefono.

«Chicca buongiorno».

«Già attiva?».

«Sì, non ho dormito molto bene, ma ora sono sveglia».

«Capisco. Che c'è?».

«Mi metto al lavoro su Torino».

«Bene».

«Tu hai del materiale?».

«Poco, e non credo adatto».

«Va bene, io inizio a cercare qualcosa, poi semmai ci vai tu».

«Come ci vado io?».

«Dobbiamo risparmiare».

«Sì, però Torino è più tua».

«Sperimentiamo questa cosa: io scrivo e ti do qualche dritta e tu vai là e scatti».

«Però...».

«Ne riparliamo poi con calma, dai. Te lo volevo dire, così vedi tu quando puoi andarci».

«Non dovevamo decidere insieme?».

«Infatti. Ho solo deciso che oggi mi butto su Torino e mi è venuto in mente che poi tu...».

«Ti fa paura tornare a Torino?».

«Paura?».

«Non lo so, dopo Marsiglia, Genova, che senso ha che io vada a Torino da sola?».

«Per ora inizio, poi vedremo, va bene?».

«Mangiati un gianduiotto prima di cominciare, eh?».

«Sì, ci sentiamo più tardi, semmai».

Il gianduiotto, ogni sera in albergo, ce lo lasciavano su un cartoncino con su scritto "Buonanotte". Era la gita di tre giorni in seconda superiore e di Torino mi riportai a casa immagini fra l'inquietante, il sacro e il mistero. Le mummie del Museo Egizio, quel velo della Sacra Sindone, la nebbia sulla Fiat, l'ascensore della Mole Antonelliana con la mia amica Boga attaccata al collo dal terrore, i liquori nascosti che tintinnavano nello zaino sotto i portici a Porta Nuova mentre rientravo in albergo, Superga con i gadget della squadra del Torino, il primo tram che vedevo sferragliare sull'asfalto, una pianta perfettamente squadrata, nata da un campo militare, che angolo dopo angolo tornavi facilmente dov'eri.

Ecco cosa era Torino prima di conoscere Lui.

Poi è arrivata la città delle Olimpiadi, del treno ad alta

velocità, della metro e dei grandi lavori. Una città da fiutare, e lui era il mio cane. Un cane sciolto, come si definiva, ma impegnato nel giro dei centri sociali, attivo per l'informazione indipendente. Lui serviva al mio lavoro e il mio lavoro serviva a lui. Ci incontrammo per un interesse ben preciso.

Bevemmo una birra alla festa di Radio Blackout. Lui nell'ambiente era conosciuto con lo pseudonimo Buio, io ero semplicemente quella che si interessa delle grandi opere.

«Com'è che ti chiamano Buio?».

«Non si vede?».

«Che sei vestito di scuro sì».

«Non ho altri vestiti se non scuri, cupi. Mi hanno sempre chiamato così fin da ragazzino».

Gli guardo gli occhi nerissimi dietro una montatura col bordo nero. Il corpo secco e nodoso racchiuso in una pelle scura sembra una vite da piantare e girare per tenere fermo qualche ingranaggio.

«Un nome che incute timore».

Ride e scopre i denti bianchissimi.

«Tu invece sei chiara, sei luce».

«Mi piacciono le cose trasparenti».

«Ma sono anche le più fragili, no?».

«Può darsi che mi piacciono proprio per questo».

«Le cerchi anche nel lavoro».

«In un certo senso».

«E domani?».

«Vado a un convegno al Valentino che prendo un po' di materiale. Stasera qua ne ho raccolto dell'altro...».

«E poi?».

«Poi vedo cosa scriverci sopra».

«No, dico, domani poi che hai da fare?».

«Torno a casa».

«A che ora ce l'hai il treno?».

«Verso le sei».

«Allora se ti va dopo il convegno passiamo a prenderti e vieni con noi a Porta Palazzo, che dobbiamo fare la spesa per una cena».

«Bah...».

«La vuoi vedere un po' di questa città o vuoi rimanere solo col ricordo della grande ciucca presa in una camera d'albergo?».

Quella sera di quindici anni fa il gianduiotto rimase sul comodino perché con i miei compagni di classe si prese una sbronza tremenda con la vodka che avevo custodito nello zaino e solo guardare quella carta dorata mi faceva venire i conati di vomito.

«In effetti» arrossisco.

«Chiamami quando hai fatto».

Segnai sulla rubrica del cellulare il suo nome. Buio brillò sul display.

Come corvi fra quei colori

Il giorno dopo mi feci a piedi da piazza Carlo Felice al Parco del Valentino. Tutto intorno alla stazione grate a circondare i lavori. Mi colpì la quantità spropositata di cartelloni di un'impresa funebre che pubblicizzava morti da favola per pochi euro.

Una città che celebrava il suo funerale. Pensai agli operai, alla Torino abbandonata e alla millecento che brucia ne *L'operaio della Fiat* di Rino Gaetano. Pensai alla pista sui tetti del Lingotto dove si provavano le auto, a cosa doveva provare chi le guidava lassù dove si tocca il cielo. Pensai alle tante fabbriche dismesse che somigliano a scheletri, a mummie. Pensai ai morti per e sul lavoro. Rilessi la scritta "Pochi euro". Pensai che si muore per pochi euro. Ne parlai con Buio e Presa, il suo amico a cui non ho avuto il coraggio di chiedere la spiegazione del soprannome, che mi vennero a prendere davanti al parco.

«Hai paura di morire?» mi chiede Buio.

«Ci penso spesso alla morte, da un po' di tempo a questa parte».

«Allora per tempo puoi organizzare anche il funerale» fa Presa.

«Minchia, lasciala parlare» interviene Buio.

«Minchia non è tanto del Nord» faccio io.

«Chi te lo dice che a Torino siamo del Nord?» sghignazza Buio.

«No, in effetti».

«La morte è del Nord o del Sud?» fa Presa, sfottendoci.

«Per me sta al centro» dico io.

«Se la butti sulla politica, allora» si arrende Presa.

Buio si rasserena per un attimo in volto e muove un secondo le labbra che vibrano per me, ma Presa è più veloce.

«Se abbiamo finito con i funerali... Monica, alla tua destra il grande Po, e là sotto ci stanno i Murazzi, cuore della vita notturna di Torino».

«E chi ci va?» faccio io.

«Alternativi morti» fa Buio.

Presa per tutto il tragitto mi fa da Cicerone sulla sua Torino. Ma il mio cane da guida è Buio, che invece sta in silenzio al volante e ogni tanto mi lancia occhiate.

Arriviamo a Porta Palazzo. Mi spiegano che il Balon era un mercato storico, che il re permise di farlo senza tasse e da lì, via via, è diventato un luogo dove c'è di tutto, compresa la gente, che viene da tutto il mondo.

«Chissà poi se i lavori spazzeranno via tutto» dice Buio.

Guardo il *tutto* che ho intorno. I colori sono tanti e forti.

«Io credo nella forza dei mercati. Sono come funghi velenosi, più li pesti, più ricrescono» dico io.

«Ti ostini a veder rosa» sorride sarcastico Buio.

«E tu nero».

«Tieniti la borsa attaccata al collo che qua è conosciuto anche per gli scippi» mi fa Presa.

«Dagli retta, bambolina luminosa» fa Buio mentre mi aiuta a sistemare la tracolla.

Ci fermiamo a mangiare il Tajine in un baretto marocchino. Buio mi siede di fronte e mangia con gusto. Non scansa i calli e le parti nodose e noto i canini perfettamente aguzzi. Prendiamo anche del tè caldo. Usciamo da lì e andiamo a un bar a prendere un caffè e un San Simone. «È l'amaro che devi bere se vuoi sentirti a Torino» mi sorride Presa.

E poi ci tuffiamo nel mercato. Prima una borsata di salsicce e poi verso i banchi della frutta e della verdura, che è l'ora degli sconti. E prendiamo melanzane, peperoni e pomodori in quantità girellando più volte fra i banchi per confrontare i prezzi, ed è tutto uno schiamazzo. Carichi di borse pesanti, Buio e Presa, vestiti di nero, spiccano come corvi fra quei colori.

Lì mi innamorai di un'altra Torino. E poi del Mioamore, che la sera lo immaginai a buttare tutti quei colori sul fuoco per poi azzannarli tra i denti.

Volevo essere una pentola senza principe azzurro

Mi è presa fame. È già l'una. Metto la pentola sul fuoco. E intanto cerco delle foto di quei giorni a Torino. Ecco quella del cartellone pubblicitario sul funerale conveniente. La tolgo dall'album e la metto assieme alle cartoline vicino al portatile. Poi apro la cartella delle mail che io e Buio ci siamo scambiati per mesi, dopo quei giorni a Torino. Si faceva inverno e parlavamo di cose morte e cose vive, per scaldarci.

Un mio caro compagno e amico dice che il comunismo è una possibilità. Una possibilità anche se vi fosse una sola persona sulla Terra a dirsi comunista. Ma quella persona ci deve essere. Morta quella, morto tutto. Il comunismo è cosa viva, per vivi! Forse anche lui si è cercato una bella giustificazione alla sua sopravvivenza. In una fase storica come quella che stiamo vivendo sulle nostre teste, non cercarsi una via di fuga, per quanto illusoria, ci porterebbe a suicidi di (piccolissime) masse e/o a più semplici e logici voltagabbana (che poi non sono altro che una brutta morte?) e di nostri ex siamo circondati: il trasformismo è figlio della sinistra, figlio degenere magari, ma figlio. "Malato del male di vivere sento di attirare il dolore come un amante". Non ricordo neppure il libro che mi stampò 'sto pensiero in testa, e stasera la passerò con lui.

L'acqua nella pentola bolle. Penso a quando da piccola in un compito a scuola in cui ci chiesero che oggetto volevamo essere e perché, io scrissi che volevo essere una pentola, grigina e tondina, ma in grado di dar da mangiare a chi ne avesse bisogno, per poi essere regina della tavola apparecchiata per queste mie gesta. Ero fermamente convinta che sarei diventata un'eroina contro tutte le ingiustizie, anche quelle d'amore. Ogni volta mi volevo mascherare per carnevale da principe azzurro e la mamma e la nonna protestavano dicendomi che è il principe azzurro che salva la principessa. E io rispondevo: «Io mi voglio salvare da sola».

Scolo la pasta, la condisco in un piatto, alzo il volume allo stereo. Mina canta, con la voce che vorrei avere anche solo per qualche minuto nella vita, la canzone degli Afterhours:

Il fallimento è un grembo e io ti attendo
mentre ti scordi che puoi respirare
che sono il sovversivo
tuo sovversivo amore
non c'è torto o ragione
è il naturale processo di eliminazione.

Torno davanti allo schermo e arrotolo gli spaghetti intorno alla forchetta.

Ho iniziato a incontrarlo sullo schermo, il mio Principe Buio. Lo schermo nero e le parole bianche della chat. Una città da creare, senza la nostra voce, senza odori né sapori, né volti né traffico. Dove il torto o la ragione se ne stavano come guardie addormentate fuori dalle mura. Io ti amavo in quella mappa fatta solo delle nostre parole da aspettare riga dopo riga. Ma poi quando ci saremmo incontrati di nuovo?

<mony> so cosa succederà quando ci vedremo
<buio> sentiamo cassandra
<buio> dimmi le tue sicurezze che poi esco con le mie...s
<buio> e vado a farmi una passeggiata
<mony> quello che è certo è che ci sarà una voragine

<mony> uno squarcio che si apre
<mony> tra le parole e l'aversi davanti
<buio> ma finiamo dontro o sui bordi?
<mony> dipende se riusciamo a tenerci
<buio> ma stiamo sullo stesso bordo
<buio> o uno di fronte all'altro?
<mony> forse si apre uno squarcio davanti
<mony> e allora bisognerà fare un salto
<buio> e poi vai avanti che son curioso
<mony> e dipende chi salterà per primo dall'altro lato
<buio> ecco perché siamo esseri umani
<mony> ...
<buio> disposti a perdere tutto per un forse

Tutto per un forse

Quel “tutto per un forse” ce lo giocammo il giorno dopo.

Quella mattina non mi ero svegliata bene, un dente mi pulsava. Era il giorno della Befana. Mi ero alzata tardi e a breve sarebbero arrivati tutti i parenti. Si pranza col mio dente che chiede di masticare piano. Arriva un messaggio. Del Buio.

Mi chiede come sto e in più mi chiede qual è la cosa peggiore che si possa fare nell'urbanistica di una città. Decido di coinvolgere la tavolata nella risposta, come un gioco sulle città.

Mio fratello comincia a inveire sulle rotonde e mio babbo inizia un discorso sulle fabbriche dismesse che ci fanno le case, ci guadagnano sempre loro e gli operai non se le possono comprare. Mio zio chiede spiegazioni: dove intende questo mio fantomatico amico, in Italia, in qualche città? Rigiro la domanda al Buio.

Lui mi nomina la mia via e quella all'incrocio, se mi sembrano carine. Leggo a tutti. Mi guardano un po' perplessi.

Tranquillizzo. «Sì, sapete, sta guardando internet, dal computer si può vedere tutto, persino camminare sulle vie. Incredibile la tecnologia!». Continuo a mangiarmi il mio dolce al cioccolato alla faccia del mio dente e rispondo. Chiedo che cartina sta guardando e informo che la mia via è tutta palazzi, che c'è una rotonda terribile e che nella via all'incrocio c'è una vecchia casa dove da piccola giocavo con i fantasmi.

A quel punto la tavolata si sta buttando su frutta secca, caffè e liquori, e l'urbanistica delle città non interessa più a nessuno.

Mentre tutti si muovono intorno al tavolo, io mi blocco appena leggo il messaggio.

Ma i fantasmi saranno scappati visto che tentano di ristrutturarla o forse loro hanno fatto andar via i muratori?

D'istinto mi alzo e mi affaccio alla finestra. Poi mi sento ridicola. Sta a Torino, ricordi?

Poi però corro in camera e chiamo: «Come fai a sapere che la stanno ristrutturando?».

«Secondo te? La sto guardando con i miei occhi».

La sto guardando con i miei occhi. Questa frase si fa enorme, pulsante, forte. E la voce mi trema e il cuore batte sottolineato da quelle parole. I suoi occhi. I suoi occhi qui.

«Sei qui?».

«Sì».

Mi dice che aveva sbagliato strada, che però poi ce l'aveva fatta. Che posso fare con comodo. Che si è già preso un caffè al bar. Che si è fatto un giro.

Chissà cosa avrò tartagliato. Non si ricordano mai certi discorsi. So solo che gli dico che mi riprendo, che poi lo chiamo e lo raggiungo.

Chiamo mio fratello e mia cugina in camera. «È qui» urlo e cerco di spiegarmi. Mi dicono di calmarmi e di andare, di uscire. Chiamo la Ale. «Che ci fai ancora lì?» mi domanda. Non lo so che ci faccio. Vado, va bene, vado.

Lo aspetto al muretto proprio di fronte alla casa che stanno ristrutturando. Arriva a piedi dall'altro lato della strada. Attraverso. Ci veniamo incontro con imbarazzo, quello che avevamo messo in conto. Prima o poi succederà, dicevi. Sta succedendo, mi dico.

Sei in auto e c'è anche il tuo cane Art, grosso, nero, striato di marrone e di rosso, come mi avevi detto. E quando hai deciso? Forse ieri sera perché non sei uscito, che sapevi di dover percorrere 398 chilometri fra la tua e la mia via. E ti cammino accanto verso un caffè nel mio *qua*. Quasi quasi ti toccherei per vedere se sei vero, ma non mi azzardo.

«Si fa un giro?» ti chiedo.

«Sono ospite» mi rispondi.

Ti porterò in quei dove che ti ho sempre imbastito.

Si va sul lago e ti spiego degli stabilimenti balneari che apriranno nella prossima stagione. Ti faccio vedere dove hanno forato le montagne per la TAV, dove invece inizieranno con la Variante di Valico. Mi guardi come se fossi la tua guida. Tu non sei più il mio cane, come eri a Torino, siamo due padroni.

«Andiamo a prendere un tè?».

«Sai cosa si risponde qua quando si fa questa domanda?».

«Cosa?».

«Sono malata?».

«Prendete il tè solo quando siete malati? A Torino insieme al Tajine lo hai bevuto e non mi sembrava tu stessi male».

«A Torino, anche a Marsiglia. Ma *qua* è diverso. Qua sono a casa».

Ti ci porto uguale a prendere un tè. Gli sguardi di tutti questi mesi negati da uno schermo sono lì a reclamare la propria vita. Ti mostro le vie, gli incroci, le case, ti dico un sacco di nomi, dove stanno, che vita fanno. Qua anche le storie degli altri sono un po' storia mia.

Che stai pensando? Non siamo abituati ai silenzi.

Andiamo a prenderci un aperitivo e poi a cena. Ti piace tutto.

Al tavolo ci misuriamo le mani, ce le stringiamo, ce le studiamo. Come mi ricordavi? Più bionda? Chiara addosso, ma non bionda. Però sì, ci ricordiamo.

Vado in bagno e penso: adesso riapro la porta e lui non c'è più. Non c'è più nessuno nella pizzeria, ma ci sei tu, seduto di fronte a te il pizzaiolo, una bimba e un quaderno.

Mi guardi mentre chiudo la porta del bagno e mi chiedi: «*La pennellata al quadro.* "Al quadro" che complemento è?».

E mi sembri il Mago Merlino seduto con questa bambina a risolverle problemi. Invece sei il mio Principe Buio, arrivato con un'auto nera e con un cane nero, e mi hai portato in dono delle bottiglie di vino nero e un libro che nella bandella ci sono scritte tante cose, ma a me resta impresso solo: *Il bisogno essenziale di ogni persona è quello di essere accolta e amata così com'è.*

Andiamo in una taverna. Ti piace anche questa. Ci prendiamo cantuccini e Vin Santo. Mentre il biscotto si scioglie e la mandorla rimane intatta dentro l'alcol, ci baciamo.

Sapendomi con Buio, la mia amica Tania quella notte mi inviò un messaggio.

Per Joyce l'epifania era il momento di luce nel quale la verità appariva nuda, dalle tenebre, in tutta la sua dolcezza e crudeltà.

A quel punto potevi andartene e invece sei rimasto per quattro giorni. Il tempo di farti vedere tutti i miei *qua*.

Io non sono di città, per questo io delle città mi innamoro. Il *qua* è terra e non c'è bisogno di mappe, qua ti fermi e chiedi di una via come di una persona. E questo *qua* era tanto che non lo mostravo ad altri, anche a chi, prima di te, mi aveva regalato altre città.

Guidi e Art mugola dietro.

«Che ha?».

«È un cane da città, lui, non è abituato alle curve».

«Ma dai, mi prendi in giro».

«No, stai a vedere».

E inizia un tratto diritto e Art smette, ricominciano le curve e Art mugola.

«Visto?».

«Ma è incredibile».

«Siamo torinesi. Abituati a strade dritte, perfettamente squadrate».

Arricci il labbro per farmi ridere. Portiamo fuori Art e beviamo il vino e parliamo e scherziamo e corriamo intorno al fiume.

Mi sfiori le guance per minuti interi e mi guardi dritto. «Tu ce l'hai ancora dentro gli occhi l'amore per gli altri, anche se guardi me».

Abbasso lo sguardo dalla vergogna.

«Guarda che è un complimento. Tu ci credi ancora nel sol dell'avvenire mentre io vengo dalla grigia sabauda».

Non credevi nel colore del mio amore. E lo capii dopo, a Torino, che era tutta bianca e sui binari dei tram ci passavano anche i trattori a spazzare la neve, e a vederli mi sentivo a casa e allo stesso tempo più lontana da te, dai tuoi abiti che spiccavano sul bianco. I palazzi mi sembravano ancora più regali e imbattibili e tu e io non avevamo futuro. Mi hai fatto girare per case occupate e centri sociali, il Gabrio, l'Askatasuna, il Fenix per aperitivi, cene, concerti, folle. Ci siamo trovati anche in mezzo a una rissa e tu volevi allontanarmi, ma io quelle gocce di sangue fuori sulla neve le guardavo con invidia, le avrei volute perdere io. Nessuno si impressionava per me. Stavo perdendo qualcosa e non si vedeva.

In via Po mi hai fatto sentire la cioccolata più buona di Torino prima di dirci addio. Non mi ci feci mettere la panna. La volevo amara.

«Chicca, disturbo?».

«No, che c'è?».

«C'ho ripensato».

«A cosa?».

«Torino».

«Oh, via, ti sta facendo bene scrivere».

«Lasciamo perdere. No, pensavo che non ci possiamo andare adesso».

«Quando vuoi, basta metterci d'accordo».

«Bisogna che tu la fotografi d'inverno».
«Mhhh... capisco».
«Bisognerebbe beccare la neve e anche il sole...».
«Vediamo, dai...».
«È importante».
«Sì, è importante, Monica, ma c'è tempo».
«Genova a che punto sta?».
«Ci sto lavorando, poi ti porto le foto».
«Porta anche quelle nel cd sul G8».
«Le ho sul portatile, non preoccuparti».
«Tu hai i saloni nautici, da settembre il tempo poi vola».
«Abbiamo ancora dei mesi, ma che dici?».
«Dobbiamo pensare ancora ad altre città».
«Ho detto che il tempo lo abbiamo. Ma che ti prende, l'ansia?».
«Io non so quanto reggo di testa a fare questo lavoro».
«Reggi, reggi».
«Chicca...».
«Stacca un po', vai a farti un giro».
«No, no. Ora mi rimetto su Torino».
«Dai, concentrati. E io torno su Genova».
«...».
«Monica?».
«Oh».
«Io voglio bene a questo lavoro e voglio bene anche a te».
«Anch'io».

Non riesci a chiudere

L'inverno successivo alla neve, al sangue e alla cioccolata, tornai a Torino. C'era una grossa manifestazione contro la TAV a cui volevo partecipare. Le previsioni del tempo: sole, freddo e soffierà il favonio. Pare sia un vento che si crea quando una corrente è costretta a superare una catena montuosa e oltrepassandola e calando verso il basso si scalda ed è capace di far sciogliere la neve. Mi hanno anche detto che è un vento elettrico che dà alla testa e che quando spira aumentano i suicidi.

Quattrocento chilometri di asfalto, sì, questa volta non in treno come l'ultima. E non sono sola, ma con altri manifestanti. Guardo la strada e penso a quando l'aveva fatta lui per venire da me, quel giorno, solo con Art. Forse anche quella mattina soffiava il favonio.

Si entra dalla tangenziale e i mattoni della periferia quasi mi incoraggiano, stabili, presenti. Rigiro la bomboletta rosso fuoco fra le mani.

Parcheggiamo in piazza Statuto, dopo giri in su e giù per corso Regina Margherita. Le foglie si alzano e ballano scatenate. Le strade dritte, semafori e non rotatorie. Qui non devi rallentare e metterti pronto alla curva. Qui ti fermi e poi riparti. Rosso e verde a comandare. L'unica eccezione di linea curva la fa il tram che sferraglia e il suono è dolce e ovattato rispetto ai clacson.

Dallo stabilimento delle pastiglie Leone arriva un intenso odore di caramella e penso a questa città che fabbricava di tutto, anche odori. Guardo le ringhiere dei palazzi e i nylon come tende a difendere i balconi, come quello che difendeva il tuo.

Ci fermiamo a prendere un caffè e chiedo la chiave del bagno.

«Devi uscire, dietro l'angolo, portone di legno, atrio e porta del bagno». Anche i palazzi, oltre alle strade, sono quadrati.

Volantini, acqua, panini, frutta, sciarpa e cappello il nostro equipaggiamento. Io ho pure un cerotto invisibile in tasca. So che dovrò usarlo, perciò devo stare attenta a non perderlo. E arriva un fiume di gente che copre l'asfalto, le foglie morte, i binari del tram, un'invasione e il bianco delle bandiere. Ci affrettiamo a scrivere il nostro striscione: "Ci avete rotto le falde", perché è quello che è successo con la TAV da noi. Passa una macchia nera, proprio lì fra quel bianco. È lui e c'è anche lei. Che non so chi è, ma so che è *Lasualei*. Mi paralizzo. Non riesco a staccare la mano dallo striscione. Il piede è immobile. Mando un SMS, ho imparato da te.

E Art non l'hai portato?

Mi chiami, ma non ti sento. Mi mandi un SMS.

Art non l'ho portato, ma dove sei?

E ti rivedo al bordo del corteo fermo a guardare la folla che vi passa davanti.

Cerchi me? Non credo. Non con lei, lei vestita di scuro come te. Lei che è entrata nel tuo buio. Non come me, che con te buia non sono mai stata. Non la tieni per mano, come invece tenevi me per le strade mie. Perché tu qui sei a casa, non ti perdi e non perdi neanche lei, che ti fa da colonna, qui e domani e dopodomani.

Sono un lampo ad avvicinarmi e non mi accorgo neanche di baciarti le guance che do la mano a lei, che mi sorride. Stai bene. Sto bene. Ti vorrei chiedere se lei lo vede il sol dell'avvenire e se le tue nuvole grigie si sono un po' diradate. Ma voglio scappare e trovo la scusa che gli altri si stanno allontanando e che sennò li perdo. Corro e mi fa bene perché riprendo aria ed energia, rientro nel flusso della folla che mi ricorda perché sono qui, a testimoniare, a fare in modo che non succeda qua ciò che è successo da me. Un tempo il conflitto era urbano, ora è delle terre. Perché qua avrete il grigio di Torino, ma io in Val di Susa e nelle sue lotte un po' di sole ce lo sento, che scalda.

È tutto il giorno che cammino e il vento ormai mi ha screpolato le labbra. Questo vento passa dentro e smuove le foglie e scanica tutto. Penso a te che, quando si parlava dei Mieiamori, in chat mi scrivevi: Non riesci a chiudere. Parli tu, che usi tutti quei puntini di sospensione, che lasciano aperte le frasi, i messaggi, quelli allora cosa sono? Poi però guardo la striscia di asfalto in autostrada, la linea spezzata, i puntini in bianco sul grigio. Avanti. Ora puoi anche sorpassare.

Come farfalla

Sono passati alcuni giorni e non mi sono fatta rivedere al Cavalletta.

Non riesco più a lavorare. Non riesco più a scrivere.

Mi manca quel bancone verde menta. Penso ai sogni di queste ultime notti. Tu che mi fai un disegno e fra i colori, chiazze indistinte, mi scrivi: "Perché non sei tornata? Ti sei ammalata? Ritorna".

Vorrei stare su un prato e mentre guardo il cielo parlarti. Non so neanche quanti anni hai, quale cd hai nello stereo adesso, che città ti porti dietro e come hai fatto ad atterrare *qua*. E lì, dietro a quel bancone, come ti trovi? E tutte le cose che mi hai detto, le hai dette davvero?

Che pena.

Stasera ho ballato e ho sudato. Fa caldo, molto. Sono appena rientrata in casa. Le finestre sono spalancate, ma non scorre aria. Ho fatto la strada di là dal lago. Vedevo le luci riflesse nell'acqua e deve esserci stata un bel po' di gente. Ma io non c'ero. Sono stata dai miei vecchi, a farli ballare. Niente alcol, niente sguardi, niente banconi. Loro sorridono e ballano e mi vogliono bene. Oggi avevano fatto un laboratorio, così Filomena, che balla con la sua sedia a rotelle come una pazza, mi ha voluto regalare quello che aveva costruito lei. Una farfalla di carta appesa a un cartoncino con scritto: "Leggiadro il cor come farfalla".

E come farfalla, il pensiero ce l'ho fatto arrivare là da te. Ha scavalcato l'acqua, le colline, è strisciato lungo la ghiaia, ha scansato una sdraio, un paio di ombrelloni, ha salito gli scalini, uno dietro l'altro, e ha esitato prima di posarsi, trasparente e leggiadro, su quel bancone. Tu eri lì in pausa che ti fumavi una sigaretta appoggiato al legno e guardavi lontano. Il mio pensiero non riesce ad andare oltre e allora velocemente si ritira. Plana sul lago, si rifionda come un ago nel mio corpo spossato e accaldato che rientra in casa e chiede di dormire. E che i sogni stanotte se ne vadano da un'altra parte.

Risparmiatemi.

Un tuffo di sollievo

Annaffio la pianta di basilico che ho preso a Genova. Eravamo state a mangiare da Maria, la trattoria con tovaglie a quadri che aveva suggerito Chicca, che sta in una strada stretta vicino alla monumentale piazza De Ferrari. Appena uscite dopo un pranzo da ricordo d'infanzia, vedo una signora in un angolo a vendere piante di basilico. Mi è come apparsa la nonna emiliana di Chicca che mastica le foglie di basilico d'estate per allontanare le zanzare.

Mi viene da staccarne qualcuna dalla mia pianta per portartela. Così dietro a quel bancone sul lago puoi evitare le punture.

Ora dovrebbe chiamare lui. Invece chiamo io.

Lui è tutto contento di sentirmi.

La prima cosa che mi chiede: «Come stai?», e poi «Che fai di bello?».

Allora mi sono ripresa e non volevo scuse, solo belle parole, e lui me le ha date. Mi ha chiesto perché l'altra sera non c'ero, che c'era «tutta la tua gente di *qua*».

E io: «Mi sono divertita con i miei balli...».

E lui sempre più curioso, ma io ho chiuso subito: «Dai miei balli e dai miei vecchi».

Era in città. Gli ho detto che a breve sarei andata a farmi un bagno. Mi ha chiesto se andavo al Cavalletta e io: «No, vado dalla parte opposta». E lui: «Immaginavo, in qualche posto più appartato, con meno gente». Mi ha chiesto se venivo mai in città, che magari si può pranzare insieme.

«Non credere che non mi incuriosisci, sennò te lo avrei detto, è che veramente non ho mai un filo di tempo e vorrei la calma, vederci con calma. È che quando mi danno il giorno libero lo passo tutto a dormire. Quando vieni giù?». E io: «Martedì», e lui: «Forse è più facile vedersi».

E poi: «Ma stasera passi al Cavalletta?» e io: «Non so, dipende se mi prende l'ispirazione», e ho ritirato fuori la cosa dei biglietti e lui: «È molto bella, e poi veramente scrivi in un modo schietto e dolce, non so come dire», e io a maledire quel bancone e lui: «Lo stai proprio odiando», e io: «No, io l'odiavo già da prima di te», e lui: «Poi me lo spiegherai».

Non so se te lo spiegherò mai, almeno fin quando non avrò finito di lavorarci.

Abbiamo parlato di cannella. «Viene da Marsiglia», e lui: «Marsiglia, cavolo, proprio da Marsiglia?». E ti chiedo dei tuoi, di ingredienti.

«C'è un po' di polvere di peperoncino, ma gli altri non te li dico».

Adesso ci vuole un bel bagno al lago.

Mi riconcentro su di me. Se ne vanno i sogni e i pensieri.

Il tuffo nell'acqua mi dà sollievo.

Cumino, basilico e lacci rotti

Pix e io passiamo la serata al Cavalletta. È contenta di accompagnarmi, lei che è sempre così disinvolta in questo tipo di faccende.

C'è un sacco di gente. Davanti al bancone mi pestano i sandali e mi si rompono i lacci. Pix mi guarda mentre le mostro i lacci strappati e scuote il capo come a dire: "Eh, ti pareva, sei la solita impacciata", ma con tono di affetto e comprensione.

Lui è in pausa. È di qua dal bancone. Gli vado incontro e mi ha già vista. Baci sulle guance. Ho più coraggio. Lo vedo intero, con le gambe.

«Ce l'hai fatta ad affrontare tutti questi compaesani, stasera?».

«Ci provo, dopo una bella cena con le mie amiche».

«Stai bene vestita così».

«Grazie».

Indosso un vestitino color terra bruciata che mi scopre le gambe. È una serata calda, pacata.

«Ti ho portato altri due ingredienti».

Aspetta i miei gesti goffi nel tirare fuori una piccola boccetta dallo zaino.

Diventa minuscola fra le tue mani.

«Odora, è cumino di Marsiglia».

Mi sorridi.

«E questo» e gli apro il pugno «basilico da Genova».

Mi riconosci mentre odori la boccetta e le foglie.

Mentre mastichi una foglia di basilico mi dici che forse mercoledì magari smetti presto e poi la casa libera, la comodità, che mi chiami mezz'ora prima di venir via. Ti dico che lo devo sapere, che non puoi darmi buca come ai giardini, che mi devo organizzare.

E lui mi prende in giro: «Devi mascherarti?».

«Certo, devo mettermi tutta incappucciata per non farmi riconoscere in giro». Poi subito proseguo: «Se è una serata calda come questa potremmo farci un bagno al lago».

«E dove? Dall'altro lato?».

Sì, di sicuro non qui, lo sai.

«Penso che l'acqua sia giusta».

«Non so, io sono abituato più al mare».

Sento occhi indiscreti e qualche schizzo d'acqua. Da dietro quel bancone ci stanno prendendo in giro. Maledetti. Provo a staccarmi. Mi tieni per un braccio.

Devo aver sussultato perché tu mi chiedi: «Ti ho dato la scossa?».

Ci allontaniamo.

Io verso la Pix, tu vai a salutare altra gente.

Poi sei tu a servirmi il mio mojito. E mi guardi mentre lo fai. Vedo che adesso lo stai facendo proprio per me e non per una qualunque altra persona. Vedo che cerchi qualcosa, anche se il cocktail è già pronto. E spunta uno spiedino di amarene e fragole che finisce dritto fra il ghiaccio e la menta del mio bicchiere. Negli altri mojito non c'è lo spiedino.

Mordo con gusto la frutta. Trovo un modo per ringraziarti.

Nel blocchettino trovo uno schizzo che ho fatto al porto, a Genova. Lo arrotolo come faccio sempre e vengo verso il bancone.

C'è ancora tanta gente. Tre ragazzi sconosciuti mi scherzano intorno, gli rispondo a tono mentre aspetto il momento giusto. Lui capisce, allunga la mano. Lo ha preso. Penso che si aspetterà ancora parole e invece troverà uno scarabocchio.

Vado via cercando di tenere alzati i lacci rotti dei sandali per non inciampare. Pix scuote la testa.

Ingredienti che si mescolano

«Ehi».

«Ciao Chicca».

«L'hai letta la mia mail? Ti chiedevo di inviarmi la parte su Torino».

«Sì, scusami, vedo di spedirtela in giornata».

«Com'è? Sono un po' di giorni che non ci sentiamo. Sei tornata da Bancone?».

«Sì».

«E il lavoro?».

«Che fai, ti paga Bingo per chiamarmi?».

«Dai, Monica, non cominciare!».

«Sono un po' stufa, Chicca».

«Ma quel bancone non ti dava energia?».

«Non riesco più a concentrarmi, a scrivere. Penso solo agli ingredienti che ho voglia di portargli. Mi sento un'imbecille».

«È tanto romantica questa storia».

«È ridicola, vuoi dire!».

«Sai come la penso. Se sei in un momento di uggia però ti chiamo domani».

«Io soffro».

«Soffre, ora. Lo sai cosa significa soffrire, Moni, non lo puoi confondere!».

«Sono bloccata a scrivere perché un tipo mi annebbia di cocktail. Ci sto male, come la vuoi chiamare? Uggia? Mettila come ti pare. Non compiccio nulla da un po' di giorni. Ciondolo sulla sedia davanti alla scrivania...».

«Mhhh…».

«Non c'è soluzione, lo sai. Non scrivo niente per forza. Non ho le palle per farlo. Non mi so regolare. Ora ho la testa su quel bancone».

«Parole magiche!».

«Parole stupide. Mi ci vorrebbe proprio una magia per farmi riaprire il portatile e mettermi lì di gusto».

«Macché magia, tu ce l'hai dentro la magia. La testa su quel bancone, giusto? Mi è venuta un'idea. Sono un genio».

«Mi spaventano le tue idee, mi mandano fuori di testa».

«La passione, Monica, la passione».

«Non ti capisco».

«Stiamo facendo questo lavoro per passione, lo hai detto tu».

«Appunto, ora non ce l'ho. Me la fai ricomparire tu?».

«Le città, l'amore…».

«Non è che ho perso la memoria, lo conosco il lavoro che stiamo facendo».

«Sì, ma che città stiamo scegliendo? Di cosa stiamo parlando?».

«Di quante caselle è la risposta?».

«Monica!».

«Chicca!».

«Va bene, arrivo al sodo. Stiamo ripercorrendo le nostre storie attraverso queste città, mi segui?».

«Avanti».

«E sta venendo fuori un bel lavoro».

«Anche se Bingo…».

«Lascialo da parte un attimo».

«Va bene».

«Ora. Oltre che per campare, ci siamo dentro fino al collo per passione. E ti giuro che io sono qua che mi faccio dei pianti su certe foto, quindi non devi pensare che sei coinvolta solo tu».

«Non lo penso».

«Bene, è già qualcosa. Solo che non ci dobbiamo forzare a seguire delle regole. Vorresti lavorare sulla Puglia adesso, immagino?».

«Be', il materiale di Matteo è arrivato da un bel pezzo, ma non ce la faccio».

«Devi passare oltre».

«Oltre?».

«Lasciala lì, la Puglia, Ostuni e il Salento. Lo sai che ti viene da scriverci appena hai voglia di risolvere».

«Non mi fare l'analista, non si scrive per curarsi».

«Giusto. Quindi torniamo alla passione».

«Mi sta venendo il mal di testa, Chicca, e oggi non mi ci voleva anche questa».

«Ora te lo faccio passare. La testa ce l'hai su Bancone, scrivi su quello».

«Ah, che grande idea! Se avessi la testa non lo farei? Sono maledettamente in ritardo con le mie inchieste e lo sai che non mi va di parlarne al telefono».

«No, ma che hai capito? Lascia fare il tuo lavoro, parlo della storia che stai vivendo. Il tipo, gli ingredienti...».

«Ma tu sei matta».

«Sono un genio, è diverso. Senti me. La cosa degli ingredienti non è male e fa anche il nostro gioco. Possiamo aggiungere nel libretto cocktail e locali legati o meno alle nostre città».

«Fa il nostro gioco?».

«L'ho detto male, ma...».

«Male? È un orrore! Sei peggio di Bingo».

«Ma perché?».

«Perché io la sto vivendo ora, come puoi...».

«E le città fino adesso?».

«Sono il passato».

«Ah, questa è bella davvero! Fanno parte di te, è vita, è presente. Monica, dai, questa non te la devo spiegare».

«No, infatti. Ho capito. Ma non posso raccontare la storia di Bancone».

«Perché? Pensi che possa disturbarti più di quanto non lo stia già facendo?».

«No, non è quello».

«Allora cosa c'è?».

«Che non so come va a finire».

«Ma a noi servono le emozioni di adesso, le colleghiamo ai luoghi. Banconi, cocktail, ingredienti che si mescolano».

«Città e amori che si mescolano».

«Vedi che mi capisci? La senti la potenza? E poi a che ti serve la fine? Dai, tanto ci vediamo nei prossimi giorni. Scappo. Ciao».

«Ciao».

A che mi serve la fine?

Città e amori a tavola

«Si inizia o no questo giro sulle città?» fa la Pix guardando intorno al tavolo.

«Lei si è preparata, sai» fa la Ale sorniona mentre sorseggia del vino rosso.

«Io mica ho capito questa storia» fa Isa. «Che si deve fare?».

«Ah, Isa, sei la solita. Bisogna ripeterti le cose mille volte. O non te l'ho detto mentre venivamo qua?» la brontola la Pix.

«Sì, però visto che c'è Monica potrebbe spiegare» dice Isa.

«Chicca e io stiamo facendo un supplemento per San Valentino e…» inizio.

«Isa, almeno ascolta» le dà una gomitata la Lina che le sta seduta accanto.

«Sì, ma ora ricordo» fa Isa scusandosi per la distrazione.

«Sulle città e l'amore sta scrivendo la nostra Monica, e Chicca fotografa» fa Pix mentre indica Chicca che sta assemblando i pezzi della macchina.

«Vogliono un aiuto da noi?» chiede Isa.

«Oh, io un po' sono emozionata» fa Lina.

«Ma che bisogna fare?» si spazientisce Isa.

«Raccontare la vostra città e il vostro amore» dico.

«Comincio io, sennò qui fa buio» interviene Vito.

«Ti pareva» commenta la Pix.

«Zitta, Pix» dicono insieme Isa e Lina.

«Posso?» chiede Vito alzando l'indice.

«Vai, Vito». Apro il quaderno degli appunti.

«Per me la città è Roma e l'amore è una persona che ho visto lì e poi non ho più rivisto. Non c'ho fatto nulla, ma mi ha fatto piangere. Ero in coda ai bagni Sebac e c'era la festa di chiusura del gay pride all'ippodromo Tor di Valle. Avevo una bomba».

«Non abbiamo dubbi» fa Isa.

Mara, Lina e la Ale ridono.

«Isa, lascialo raccontare» fa Pix.

«Sì, ero di fuori, vedo questo e gli dico: "Bella la musica black! Si va a ballarla?". E insomma, si balla e si parla senza parole. Ci abbracciamo e ci baciamo. Mano nella mano io gli dico: "La chiudiamo qui?". Lui mi risponde: "Salutiamoci qui", prende un taxi e se ne va» fa Vito tutto d'un fiato.

«E te?» chiede Lina.

«Io inizio a piangere» fa Vito.

Mara, seduta accanto a Vito, lo fissa. «Era amore o era la bomba?».

La Pix aggiunge: «Ma pensi di averlo amato perché hai pianto?».

«Era un momento vivo. Breve, ma forte» dice Vito.

«Vabbè, era il gay pride! Ha influenzato» dice la Pix.

«Più che altro di Roma ci hai detto molto...» fa la Ale corrugando la fronte.

«Ero sbronzo. Però mi ricordo l'ingresso e Vladimir Luxuria ubriaca. Mi ricordo la metropolitana. Il frutta e verdura» fa Vito.

«Sei andato a comprare la frutta?» chiede Isa.

«No, è un fuori orario dietro Termini» fa Vito agitando la mano destra quasi a scansare un insetto in aria mentre le ragazze ridono.

«Entravi da un bandone, un tipo vestito da papa ti dava la pasticca e poi andavi a ballare».

«Ah, però» commenta Lina.

«Su *Visto* c'erano le foto del locale. C'era pure Ambra Angiolini».

«Le persone famose te le potevi risparmiare» fa Lina.

«Ma hai finito, Vito?» chiede Isa.

«Sì, sì, ho finito di scocciarvi» ride Vito.

Tutti si girano verso la Pix.

Lei arrossisce.

«Io mi ero preparata».

«Vergognati!» fa Ale.

«Come a scuola, la solita secchiona» dice Lina.

«Vi voglio parlare di una stazione» dice Pix.

«Ma è fuori tema» alza la voce la Ale.

Ma Mara interviene: «Come non c'entra? In una stazione cambi città. Vedi i tabelloni con scritti i nomi delle città».

«Più che una città, è una pre-città. Magenta» fa Pix.

«E dov'è?» chiede Mara, che forse è l'unica che non conosce bene questa storia.

«Prima di Milano, se parti da qua in treno. E lì io ho passato ogni stagione, con il sole e con la pioggia. Conosco l'obliteratrice che funziona e quella sempre rotta. La panchina nelle sue incrostature. Però i particolari sono diversi, quando arrivi e quando parti, voglio dire. E il saluto è la cosa più triste. È un nastro che si avvolge e torna indietro» racconta la Pix.

Mara mette la musica. *Ovunque proteggi* di Capossela.

«Uh, bella questa» dice Pix e continua «l'energia è un mix, un concentrato. E mi chiedo sempre: "Ma tornerò in questa stazione?". Io do amore e non ne ricevo, però ci torno. È un rito».

«Mi fai commuovere ora» fa Lina.

«Quando tocco il marciapiede e tutti scendono accalcati, e anche contro me stessa io ci sono. Ora mi date della pazza» fa Pix.

«Macché!» alza le mani Vito.

«Sono pensieri che mi prendono sempre lì, ecco» respira forte la Pix e beve un po' d'acqua.

«Su, a chi sta?» batte le mani in aria Vito per schiacciare il silenzio.

«Io ho due città e due amori» interviene Lina a sorpresa. «Una è Lisbona per la passione, la vacanza, la libertà, la prima volta sull'oceano e la sorpresa di trovarsi accanto una grande amica».

«Che ridi?» fa la Ale rivolgendosi a Isa.

Mara, che è fuori dal nostro giro, non capisce.

«Erano Isa e Lina insieme in vacanza a Lisbona» spiega la Pix sempre pronta a chiarire ogni dettaglio.

«Erano gli ultimi due giorni di vacanza. E non so perché ero attratta dai posti malfamati e salutavo le puttane e gli spacciatori. E finì che trovai questo tipo in mezzo a un giro strano, lui, la luce. Finimmo in camera insieme, mi sono goduta l'attimo senza Isa».

«Non ti andò male, no» sorride Isa.

Mara tira fuori la lima per le unghie.

«La seconda città ho deciso di non andarci più. È Budapest, ed è una cosa forte, forte. Un amore che ha cambiato la mia vita e che non troverò più».

Mara ferma la lima. Ci guarda. I volti sono scuri, sanno di respiri che hanno smesso di svaporare.

Lina continua: «I bambini me lo dicono: "Maestra ti amo", e allora io mi dico è vero, ci può essere amore anche fra amici, con i bimbi. Ci sono tanti tipi di amori. Io là ci andai con lei, era una maestra, un'amica, un amore».

Vito si soffia il naso.

«Ce la ricordiamo tutti, penso...» dice Ale.

Mara non chiede nulla.

Pix interrompe il silenzio: «Me la presti la lima?».

«Posso parlare, che sennò mi frega la città?» chiede Ale.

«Chi io?» fa Isa.

«Sì, io voglio parlare del nostro paese» dice con aria intimidita la Ale.

«E diceva a me che non valeva la stazione, poi scende sui paesi» fa Pix cercando di sfilare dal pacchetto una sigaretta.

«No, allora me lo frega davvero» fa Isa.

«È un problema avere dei doppioni?» chiede Lina.

«Ma scusa, Ale, tanto parlate di località diverse» dice Pix e poi soffia fuori il fumo.

«Ah be'...» fa Vito sghignazzando «allora andiamo proprio nelle briciole dei luoghi».

«Ora perché lui ha nominato Roma...» lo prende in giro Lina.

«Dai, non è una competizione. Io voglio sapere. Mica vengo dal vostro paese» fa Mara.

«È una frazione, Mara, quella del mio ragazzo. Per me i suoi erano posti insoliti, anche se a due chilometri di distanza dai miei» dice la Ale. «Per me c'è di mezzo la pineta e noi a cercare i funghi. In auto ad ascoltare la musica con i testi sottomano dei Radiohead. E poi la via di casa sua, con le villette tutte in fila, che a me sapeva di provincia americana, con i vicini a fare il giardino la domenica mattina. E poi l'amore in macchina che dormi nudo e non ti importa nulla di chi ti può vedere».

«C'è chi ha fatto di peggio! Lì fra boschi, pinete e lago ci siamo trovati tutti» fa Vito.

«Già» dice Pix.

«Magari non si sapeva e si era vicini» continua Vito.

«Sì, ora basta però» fa Isa.

«Ci togli la poesia» scuote la testa Lina.

«Ma con questo ragazzo ci stai da anni, vero?» chiede Mara.

«Sì» fa la Ale.

«Queste cose le fai all'inizio, ma dopo cosa c'è?» chiede Mara.

«Eh... all'inizio non hai posti dove stare, te li cerchi in giro» fa Ale.

«Sì, ma la passione, dopo?» continua a chiedere Mara.

«Prima è più libera, incosciente, bella perché ti va bene ovunque, dopo ci sono i garage, i divani, le case, gli alberghi...».

«Io me lo ricordo il freddo delle auto. Uno si addormenta e uno si sveglia» dice Pix.

«Io rimasi ferma con la macchina, una notte, dopo l'amore» accenno.

«Oh, parla la Monica, è stata zitta finora» fa Isa.

«Non vedi che ha da scrivere e non ci sta dietro e le tue divagazioni non aiutano?» interviene Vito.

«Lo zio della Lina, che mungeva la mattina presto, ci diede la benzina, ricordi?» e guardo Lina che dice sì col capo. Mi vengono pensieri d'amore sui miei posti, come pizzicotti sulle guance.

«La mia non è abitudine» dice Isa.

«Ho sempre pensato che la passione è essenziale, però poi può essere sorpassata...» dice Mara.

«Secondo me dalla parola» fa la Ale.

«Parlare e non accendere la televisione» dice Isa.

«Stiamo entrando in un ginepraio» fa Lina.

«E allora la passione dell'amore che non vivi?» chiede Ale.

«È come una città che diventa mito perché non ci sei mai stato» dice Chicca.

«Ohi ohi, che paura! Di lei intorno al tavolo a far foto mi ero proprio dimenticata» dice Isa.

Tutti ridono.

«Chicca» intervengo io. «Tu non ci dici nulla?».

«Lo sai, è un nome che ho sempre rincorso e alla fine mai amato davvero, quindi non lo so...» dice Chicca. «Io sono qua per fare le foto».

«Eh no, mica vale» fa Vito.

«Prima o poi, Chicca, lo sai che nel supplemento...» provo a dire qualcosa io.

«Va bene» dice Chicca guardandomi un po' di sbieco e togliendosi la macchina fotografica dal collo. «Quest'uomo l'ho amato per anni, ma senza mai riuscire a farmi amare. Ritornava a galla spesso, fra i vari amori. Un po' me ne staccavo, ma poi quasi in silenzio ritornava. Non so come dire. È come quando vai in tante città, e io un po' per lavoro giro, ma poi torni e lui è lì, lo ami ancora. Vorresti che lui se ne accorgesse e si illuminasse d'amore e invece lui ama sempre qualcun'altra. Lui è Istanbul quando invece vai a Helsinki, è Berlino quando ti mandano a Caracas».

«Ma secondo te a che città assomiglia fra quelle che hai visitato?» chiede Lina.

«Eh no. Quando ami, lui non assomiglia a nessuno che hai amato» fa Chicca.

Pix china il capo. «Ha ragione».

«E le due sedie?» chiedo. «Se hai voglia...», ma ormai la domanda che non avevo il coraggio di farle in tutto questo tempo è venuta fuori.

Chicca sospira forte.

«Cosa sono le due sedie?» chiede la Pix.

«È un progetto che ho con lui. Anche lui fa il fotografo. Niente, fotografiamo coppie di sedie vuote» dice Chicca e riprende la macchina fotografica.

«Scusa, ma non ti fa male lavorare con lui?» chiede Isa.

«Un po'» fa Chicca «ma è un bel progetto».

«Che sia bello non si mette in dubbio, ma deve essere tosta» dice la Ale.

«Che cerchi nelle sedie vuote?» chiede la Pix.

«Forse si cerca l'amore tutti e due. Basterebbe mettermi in testa che non saremo noi due a sederci su quelle sedie» dice Chicca.

«Però io non smetterei di lavorare a questo progetto per lui» fa Vito.

Chicca manda gli occhi al cielo.

«Se uno vede queste foto delle sedie, sono vive. Non sono vuote, Chicca, anche se non c'è mai seduto nessuno» dico io.

«Alla prossima cena ce le devi fare vedere queste foto, eh?» fa Lina.

«Va bene. Ora dobbiamo ascoltare altre storie. Sta a te, Mara, no?» fa Chicca riperdendosi nei particolari della macchina fotografica.

«La mia città è Pentesilea da *Le città invisibili* di Calvino» dice Mara lenta.

«Accidenti» fa Lina.

«Bello quel libro» fa Pix, scolando un altro bicchiere.

«Il mio amore non è legato a nessuna e a tutte le città. Pentesilea è la città continua. Marco Polo che la cerca chiede: "O dove è?". Questa Pentesilea è ovunque. Te la porti dietro» dice Mara.

«Sei te la città?» si sistema gli occhiali Vito.

«Posso andare ovunque e me la porto dietro. Sono le relazioni che tieni dentro. È una relazione indefinita» spiega Mara.

«Bella» dice Ale.

«Ma drammatica» aggiunge Mara.

«Non sei libera» commenta Isa chinandosi per sistemarsi il tacco della scarpa.

«Rischi di rimanerci in quella città. Anche gli amori precedenti sono passati di qua» abbassa la voce Mara.

«È una città che si costruisce» fa Vito.

«Ma tu, Mara, non sei stata in Messico un anno? Avrei scommesso che avresti parlato di Città del Messico» fa Pix.

«Ne scegliamo una di città, ma ne possiamo dire centomila» fa Ale.

«Centomila, tesoro, presuppone diversi uomini al tuo attivo» ridacchia Vito.

«Smettila, Vito, o ti metto questa sotto il collo» fa Lina agitando una lama di coltello.

«Infatti. Città del Messico è enorme» dice Mara.

«Farà paura» dice Pix.

«Sì. Lì ho sentito il terremoto più lungo e più spaventoso, durò un minuto» fa Mara.

«Un minuto?» chiede Lina.

«Un minuto con la terra che trema, che va via la luce, che c'è il panico di milioni di persone, non passa mai!» dice Mara.

«Ma una cosa legata all'amore?» chiede Pix.

«Non la forzare» commenta Vito.

«Mica le chiede delle comunità zapatiste, di quello che ha vissuto. Sei stata in Chiapas per la tesi, vero?» dice Ale.

«È fuori tema». Pix fa la linguaccia alla Ale.

«Ho visto le pozioni per far innamorare in Chiapas» dice Mara.

«Che cosa romantica» fa Isa.

«Esistono ancora?» chiede Lina.

«A questa le è bastato un mojito» mi mette una mano sulla spalla Chicca.

Tutte ridono.

«Si fa un brindisi?» chiede Vito.

«Ma io devo ancora raccontare» interviene Isa.

«Va bene, racconta, intanto io riempio i bicchieri» dice Vito mentre si allunga sul tavolo per prendere la bottiglia di vino.

«Io mi ricordo il vostro primo bacio al bar» fa Pix.

«Già» fa Isa arrossendo.

«Certo che innamorarti al bar dove voi lavorate e noi ci troviamo, nemmeno un secondo di privacy...» continua Lina.

«Ma fatele raccontare quello che vuole... Se voi sapete tutto, io no» dice Mara.

«Ma le emozioni? Raccontaci, Isa, quando le ginocchia vanno da Dio. Perché lei è come un coccio di sughero, è leggera e non si rompe. Mica te le racconta le cose romantiche» dice Vito guardando Mara.

«È che mi sembra così assurdo raccontare a voi questa storia» dice Isa.

«Ma a parte il bar, la tua Renault 4 e la sua vespa, le vostre città? Quelle non le sappiamo» dice la Ale.

«Un po' tutte. Ah, no, la Spagna, due settimane insieme, la prima vacanza fu come una luna di miele» dice Isa. «Ogni paese che si passava, ogni canzone allo stereo, però non mi ricordo i nomi di tutti i posti».

«Mamma, tesoro, neanche un goccio di impegno» fa Vito.

«Noi condividiamo il letto, il gatto, il lavoro. A stare dietro a un bar giri il giusto, tu stai fermo lì, sono gli altri che ti passano davanti» fa Isa e tira su il bicchiere.

«Hai scritto, eh? Ti siamo state utili?» chiede Pix sorridendomi.

«A me con le immagini mi sono già venute in mente delle pagine niente male» dice Chicca che mi sbircia dall'obiettivo, ma poi lo abbassa.

«Ma la Moni non ci racconta nulla?» chiede Isa.

Poggio la penna, era dai tempi degli appunti all'università che non scrivevo così tanto a mano e ora mi fa male il polso.

«Io ci sto scrivendo un libro».

«Non vuoi mica dirci che dobbiamo aspettare la stampa?» chiede Lina.

«Siamo tue amiche!» interviene Pix chinando il capo e sbattendo le ciglia.

«In fondo ti abbiamo dato dei pezzettini di storia» mi sorride dolce la Ale.

«Come si è fatto tutti, quello che ti va di raccontare» parla Mara.

Chicca si siede vicino a me e alza le sopracciglia. Vito si allunga sul tavolo e mi stringe una mano per darmi coraggio.

«Va bene, va bene! Parlerò di città, ma anche del nostro *qua*» dico io.

«Ah, posso dirle le città? Qualcuna la so» fa la Pix.

«Ancora? La Primadonna!» fa Lina scuotendo un tovagliolo.

«Di sicuro oltre che qua ci metti Marsiglia, Torino, Genova e qualcosa della Puglia, eh?» fa Pix.

«Evvai» fa Chicca.

Pix mi sorride a bocca aperta come il gatto di *Alice nel paese delle meraviglie.*

«E per ogni città fai i nomi?» chiede la Ale.

«A ogni città corrisponde un uomo che ho amato. Però in ogni città c'è il Mioamore, lo chiamo sempre così, anche se è un uomo diverso. E ultimamente con Chicca abbiamo deciso di inserirci… Bancone».

«Bancone?» chiedono in coro Pix, Ale e Lina.

«Che è Bancone?» chiede Isa.

«Il Cavalletta» fa Vito sistemandosi gli occhiali sul naso.

«E tu come lo sai?» chiede Pix.

«Io la Moni al Cavalletta non l'ho mai vista come quest'anno. E mi pare che uno dietro al bancone la guardi con degli occhi interessati» e Vito sbatte le ciglia velocemente.

«Vito, non ti si vede mai in giro, ma le sai tutte!» dice Pix.

«Io invece questa me l'ero persa stando al bar» fa Isa.

«Eri dietro a un altro bancone, Isa, ma meno interessante per Moni, si capisce!» fa Lina divertita.

«Sì, mi sono innamorata di un barman» dico io.

«E siccome fa tutt'uno con il banco del Cavalletta, ormai si chiama Bancone» fa Ale.

«Affascinante» dice Mara.

«Bancone ha a che fare con il nostro *qua*, col lago, con le nostre storie… ma con le città?» chiede Lina.

«Gli ingredienti» dice Chicca e continua «la nostra Monica su quel bancone si scambia piccoli ingredienti, lui le prepara il mojito e lei gli porta alcune cose dalle città che ripercorre sugli amori».

«Sai che detta così è proprio brutta? Non fatevi idee sbagliate, va letto…».

«Io non ho capito tanto» fa Isa.

«Ma gli ingredienti glieli stai portando davvero a quel bancone?» fa la Ale confusa.

«Sì, Ale. Infatti non so bene come finirà il libro perché non so come finirà a quel bancone» dico io.

«Accidenti! Siamo proprio dentro un libro, allora?» fa Pix.

«Mettimi bene a me, eh?» fa Vito.

«Ora che sapete, statemi vicino. Ne ho bisogno, a quel bancone» dico io. E ora sì che mi ci vuole tutta la forza per non dire niente sul dossier. Chicca mi stringe una mano prima di stringere il suo bicchiere.

«Io brinderei all'amore» fa Lina «e poi andrei al Cavalletta che qua la storia deve andare avanti».

Cubetto di ghiaccio e fiore tropicale

La serata la si termina sul lago. Ci siamo tutti tranne Mara, che deve buttarsi sugli ultimi ritocchi della tesi, le manca poco alla discussione, ci ha detto prima di salutarsi. Pure Isa è venuta, libera dal bar stasera, perché non vuole perdersi il tipo dietro al bancone.

Al Cavalletta non c'è mai la nostra musica, c'è un casino di gente, ci sono i tacchi a spillo. Tuona e lampeggia. Fa che piova, fa che piova, che possa godermi lo spettacolo di tutte queste ripicchiettate in preda al panico che corrono nel fango del parcheggio.

Ma per ora le risparmia.

C'è lui. Dietro al bancone, sommerso di folla. Ma è alto, per cui riesco a vederlo.

Ha una bella camicia a righe, scura.

Appena mi vede mi fa cenno di avvicinarmi.

Allunga la mano.

Mi sento avvampare il viso.

Mi prende la mano per darmi qualcosa.

Stringe nel mio palmo un cubetto di ghiaccio.

Chiedo il mojito, uno in due per me e Chicca, che già si è bevuto abbastanza alla cena. Le altre ragazze mi aspettano sedute su una sdraio in attesa di qualche goccia dal cielo mentre Vito si è già perso nel rito dei saluti a chiunque passi.

Mi prepara il mojito sorridendo. Me lo guarnisce. Due foglie di ananas e nel mezzo una bella amarena.

Sembra un fiore tropicale. Lo ha fatto di nuovo per me.

Una tipa tutto rossetto assiste alla scena, pure lei aveva preso un mojito, e appena vede il bicchiere mi fa: «Che sei raccomandata?».

Lui mi sorride e io muta mi allontano.

Con Chicca, Pix, Lina, Ale e Isa ci sistemiamo lontano da tutti. Con la faccia rivolta verso l'acqua.

Questo posto potrebbe essere tutto diverso, potrebbero esserci adesso i Bisca che cantano "Stare semplicemente, stare come le pietre..." e la gente scalza fra i ciottoli e la riva, semplicemente.

Ce ne andiamo.

Lui esce dal bancone. Mi viene incontro, diretto. Lo blocco con un saluto con la mano. Tutte le ragazze, in testa Isa, mi rimprovereranno fino al parcheggio: «Ma che hai fatto? Lo hai respinto, ma come? Perché?».

Non so. Mi prende il panico. Mi prende che quando vado via, voglio solo andarmene. Però è vero, mi dispiace, lui in fondo che ne sa di come la sto vivendo. Non sa cosa c'è dietro questo bancone, della mia inchiesta, non sa del lavoro sulle città e gli amori, degli ingredienti che sto mescolando in malo modo in questa storia.

Quando arrivo a casa, prima della pioggia, prima dell'ultimo tuono che precede l'acqua lo chiamo.

Faccio veloce: «Scusa se ti ho salutato così, non volevo...».

«Non preoccuparti, ho capito, qua non ti trovi a tuo agio. Sei già a casa?».

«Sì».

«Io sono ancora al lavoro... Sì arrivo... devo andare, buonanotte, Monica».

«Grazie».

«Un bacio, Mo', e fai sogni d'oro».

Sogni d'oro

Cammino e sono abbagliata da una luce potente. Tutto intorno le mie montagne sono d'oro. Tantissime persone con stracci in mano stanno lì a lucidarle. Mi avvicino e chiedo loro: «Dove sono gli alberi? Dov'è l'erba?». Loro ridono e uno con la cravatta dorata che sbuca da un camice bianco mi dice: «Dovresti saperlo. Ora con queste capsule d'oro le montagne sono protette». Mi sembra di vedere trapani da dentista lungo tutte le mie montagne. Il rumore è insopportabile e inizio a correre e vedo il lago che è una pozza di sangue e denti enormi che galleggiano e mi viene da vomitare e poi inciampo e mi sveglio.

Cerco di riprendere fiato mentre guardo la cartellina ancora aperta sopra le coperte.

Dentro c'è una mappa del mio territorio, la prendo e la distendo sul letto.

Mi alzo e metto l'acqua a scaldare per farmi una camomilla.

Afferro una penna e comincio a segnare i crinali e poi seguo le linee dei fiumi e dei torrenti, giù fino al lago. E qua segno il Cavalletta con un piccolo pallino.

Il bollitore in cucina sbuffa. Verso l'acqua nella tazza, ci inzuppo la bustina della camomilla e la porto sul comodino.

Prendo un pennarello rosso e seguo la linea della TAV, poi con uno nero ripercorro la Variante di Valico e la Terza Corsia. Mi fermo dove vogliono fare l'area di sosta più grande d'Europa. Trentasette ettari di valle riempiti con tre milioni di materiali di scavo delle gallerie. Smetteremo di chiamarla Bellosguardo.

Apro la cartellina e comincio a leggere.

Io all'inizio non ci volevo credere, perché io al mio *qua* gli voglio bene. Io da *qua* alla fine non me ne sono mai voluta andare, perché quello che si ama va difeso e poi...

Mi alzo di scatto, la tazza rotola e la camomilla inonda la cartina. La guardo impietrita, mentre i colori dei pennarelli diventano chiazze sempre più ampie e non si leggono più i nomi dei paesi, delle montagne, del lago e dei fiumi. Non si legge più niente.

Comincio a togliere tutti i fogli e le carte dal letto, a salvare quelle asciutte, arrotolo la cartina e la butto in un angolo, con rabbia. Cambio le lenzuola.

Vado al tavolo. Guardo il cellulare posato sopra e attaccato al filo del caricabatteria. Gioco col filo. Mando un SMS a Tania.

Mara si laurea. Fissiamo un volo e ci torniamo tutte insieme?

Poi mi siedo sul letto vuoto, prendo il portatile dal comodino e lo apro, chiudo gli occhi un attimo e vedo il bianco e nero del film di Rosi, rivedo il seghetto nel laboratorio e la mia mano di legno. Riapro gli occhi, prendo coscienza intorno a me dei colori, guardo le mani, muovo le dita e inizio a scrivere.

Presa della Bastiglia

«Oggi è nata Olivia».

Un volto grinzoso mi sorride.

«Una bimba... Di tuoi amici?».

«Sì, e non vedo l'ora di vederla».

«Bah, esci da questi vecchi e vai».

«Non sta qua. È di Marsiglia».

«Marsiglia? Accipicchia!» .

«Ci pensi? Nascere oggi a Marsiglia...».

Aldo mi guarda mentre cerco dei cd per i balli di oggi.

«Ci penso sì. È un bel giorno per nascere. La Presa della Bastiglia mi ha sempre affascinato fin da ragazzo».

Lo guardo. Aldo sa sempre tutto.

«Lo dovrò scrivere nel mio libro».

«Quale libro?».

«Il supplemento sull'amore e le città che sto scrivendo con la mia amica fotografa. Ho messo anche Marsiglia».

«Mi incuriosisce. C'entra anche il tuo stato d'animo degli ultimi tempi?».

Lo guardo un po' torto.

«Sì».

Chino il capo.

«Non vedo l'ora di leggerlo».

«Sai, Aldo, mi piacerebbe tanto inserire anche voi nel supplemento».

«Noi? E che c'entriamo?».

«C'entrate eccome. Si smette di amare da vecchi?».

Prendo altri cd.

«Ci vuole musica francese oggi, no?» mi chiede.

Mi volto e scuoto il capo in un sì.

«Aspetta, vado in camera. Ho io quello che ci vuole».

La stanza si riempie dei miei anziani, molti si sventolano con fogli o ventagli. Li faccio sedere. Dico che aspettiamo Aldo, che stavamo parlando della Presa della Bastiglia, che oggi è una ricorrenza. Poi dico che è nata Olivia, una bambina di miei amici. Una bimba italiana e francese. Quando dico che è nato qualcuno, ai vecchi si illuminano gli occhi.

«Oggi ascolteremo un po' di musica di balli francesi, occitani, bretoni, guasconi».

«Prima però si mette questa». Aldo entra nella stanza. «Ci fa bene un po' di storia». Ha un vecchio lp in mano. Va allo stereo che ha ancora una piastra e mi chiede di dargli una mano. Metto la punta sul bordo. Leggo sull'etichetta mentre iniziano le prime note. Mi vedo al banco di scuola alle elementari. La maestra ci diede il testo in francese e in italiano. Infilò la cassetta e si smise anche di fiatare. Mi sembrò proprio una cosa grande e forte. "Alle armi, cittadini!" usciva dal libro di storia ed entrava nelle mie orecchie. *La Marsigliese.*

Tutto ciò c'era prima di te

Sfogliavo delle foto di Chicca l'altro giorno e questa mi è balzata agli occhi. Ho un altro ingrediente da darti in una busta nera questa sera.

Ci sono poche persone al bancone. Mi schizzi con l'acqua del rubinetto.

«Dovrei darti una cosa, ma è grossa e qui non ce la faccio!».

«E cos'è? Grossa quanto? E che sarà mai, dai!».

«Non ce la faccio».

«Si vive una volta sola. Fregatene».

Allungo la busta nera sul bancone. Lui la guarda.

«Cos'è, un documento?».

«Una specie».

«Ci vuole tempo? Lo guardo dopo?».

«No, guardala ora, ma non qui».

Si immagina una lettera. Invece è una foto di questo posto, ma non di questa estate. Era gennaio e c'era la neve, tutto intorno sommerso dal soffice, dal silenzio. La luce del giorno che si abbassa ammorbidendo i confini. Tutto questo posto nella sua bellezza, nel bianco, nella pace. Perché tutto ciò c'era prima dell'estate. Tutto ciò c'era prima degli affari, degli interessi, della devastazione ambientale. Tutto ciò c'era prima di te.

Torna. L'ha vista. Lo leggo in faccia. Si avvicina. «Chi l'ha fatta?».

«Chicca, la mia amica».

«È bellissima. E da dove l'ha scattata?».

«Da lassù...» e indico la strada oltre la collinetta.

Poi tiro fuori un gianduiotto e lo metto sul bancone.

«Anche questo è per me?».

«Vedi che forma ha un gianduiotto? È una barca rovesciata».

«A me ricorda gli alberghi del Monopoli» ridi.

«Credo sia il primo cioccolatino impacchettato singolarmente. Andy Warhol ci impazziva».

«Ma dai!».

«Sì. La nocciola è tipica delle Langhe e la sua produzione risale al 1865. Prende il nome dalla maschera piemontese chiamata Gianduia, simbolo della lotta d'indipendenza in Piemonte alla fine del Settecento».

«Ma chi te le racconta tutte queste storie?».

«Il mio amico Aldo».

«È un amatore della settimana enigmistica?».

«È curioso, le sa le cose».

«Sarà uno di quei ragazzetti fissati con pc e internet».

«Ha novantuno splendidi anni».

Smetti di strofinare il bicchiere che hai in mano e mi guardi sorpreso. Alla cassa c'è uno dei proprietari del bancone, con quella sua solita faccia da schiaffi. Arrivano dei ragazzi albanesi che vogliono qualcosa da bere. Poi ci ripensano, devono chiedere a delle ragazze che sono con loro cosa vogliono e si allontanano. Il capo richiama i suoi sottoposti facendo loro notare che *quelli* devono passare dalla cassa, devono prima pagare. E lo dice con una faccia, come per dire "Falli passare da me, di quella gente lì non mi fido per niente". Di solito qua puoi anche prendere da bere e poi pagare. Siamo di *qua*, ci si conosce tutti. Quasi tutti.

I ragazzi ritornano e senza battere ciglio e senza problemi passano dalla cassa. Non bevo niente.

Vado via. Saluto l'unico volto che posso guardare dietro al bancone. Ma quando vado a letto, quella faccia alla cassa ricompare.

Devo sapere.

Mando un SMS.

Ci sono certe scene che mi rivoltano lo stomaco e mi mettono tristezza. Il capo ha visto la mia foto? Mi rispondi per favore? Grazie.

Ecco, ora questo non mi risponde. Poi magari mi piglia pure per una pazza con le fisse su quel bancone.

Si illumina il cellulare. Sullo schermo rotola una bustina.

Non so quale scena hai visto. Il capo è capace di far inorridire spesso e volentieri. Comunque non credo l'abbia vista. Non curarti dei poveri di spirito e goditi una serena notte.

Mi rigiro tutta fra le lenzuola.

Tu non puoi capire, ma mugolo un grazie.

Un ragazzo gentile

Il giorno dopo mi alzo tardi. Cerco fogli e non li trovo. Non trovo niente stamani, neanche i biscotti per la colazione. Cerco Nada, trovo il cd, lo metto.

Sembra un angelo caduto dal cielo
com'è vestita quando entra al Sassofono Blu
ma si annoia appoggiata a uno specchio
tra fanatici in pelle che la scrutano senza poesia...

Mi cascano in terra non so quanti cd. Mi metto giù a raccoglierli.

Una sera incontrò un ragazzo gentile
lui quella sera era un lampo e guardarlo era quasi uno shock...

Li odio questi cd che non sono mai in ordine.

Una notte da lupi lei stava piangendo
quella notte il telefono strillò come un gallo...

Lui non fa strillare il mio telefono come un gallo.
Sono io che chiamo. Non risponde.

Lei ballerà tra le stelle accese
e scoprirà, scoprirà l'amore
l'amore disperato.

Mi distendo sul letto. Ascolto *Amore disperato* a ripetizione. Tengo in mano il cellulare e lo guardo come fosse una clessidra. Lo richiamo più tardi. Risponde. Aveva lasciato il cellulare al Cavalletta. Sento tutta una serie di scuse varie. Io me ne sto solo in silenzio, come se una a una me le aspettassi tutte. Lui si interrompe per via del mio silenzio.

«Sto ascoltando la sequela di scuse, che ti devo dire? Ci rimango male».

Voglio solo riattaccare, ma lui mi tiene lì, ancora, e io in silenzio. Dice che è distratto, che sapeva che non doveva promettermi nulla visto il periodo, poi: «Passi da qua stasera?», poi «Sono legato a questo cavolo di bancone», poi elenca i giorni in cui può essere qua, e via e via...

Sto in silenzio.

Sento un po' d'agitazione nella sua voce, magari è sincero nel dispiacersi, ma io ho già gli occhi velati e non voglio più stare al telefono. Me ne libero velocemente e poi mando un messaggio.

C'è un ingrediente trasparente che io ho messo in tutto questo: il pathos, il patire. Quando ti bastava un no, perché queste scuse?

Sta per arrivare la luna piena e io mi sento gonfiare dentro. Sento che mi colora le pareti d'argento, che questa trasformazione non la posso fermare. Tutta colpa del ragazzo gentile.

Testata innocua

«Tutto a posto. Me lo passi?».

«Sì, aspetta un attimo».

Ecco la solita musica meccanica e snervante che ormai conosco bene.

«Monica, proprio tu. Ti stavo pensando».

«Ah…».

«Come stai?».

Mi mordo un labbro.

«Bene».

«Come vanno i lavori?».

Mi mordo di nuovo il labbro.

«Bene».

«Allora che c'è?».

«Parto per qualche giorno, volevo avvertirti».

«Ma parti per noi? Non mi ricordo, c'è qualcosa in giro?».

«No».

«Il supplemento? Vai con Chicca?».

«No, Chicca non viene. Prendila come una breve vacanza. Ti volevo avvertire giusto perché non vedrò la mail e se appunto volevi mandarmi da qualche parte…».

«Il tuo contratto è a progetto».

«Si ricomincia?».

«No, no, sei tu che ogni volta mi ricordi che contano solo le scadenze e non quanto sei o meno in ufficio».

«Appunto».

«E come sei messa per le scadenze?».

Passo la lingua fra le labbra. «Abbastanza bene».

«Non vedo l'ora, Monica, di avere il dossier sulla scrivania. È la tua prima scadenza, giusto?».

«Tolto qualche altro articolo, fra quelle importanti sì. Entro la fine di agosto, come mi avevi detto».

«Benissimo».

«Ti sento di buonumore».

«Non manca molto alle ferie».

«Già».

«Quindi, Monica, se hai bisogno di qualcosa passa in ufficio nei prossimi giorni».

«Tanto sei raggiungibile al cellulare».

«Sai che lo tollero poco quando mi voglio riposare».

«Sì, lo so».

«Invece per il supplemento tutto bene?».

«Come no! San Valentino sta diventando il mio santo preferito».

«Monica...».

«Non ricomincerai mica con le città?».

«Pensavo che su questo lavoro potessi essere innocua e invece mi sbagliavo».

«Che significa innocua?».

«Che avresti scritto d'amore per un po'».

«Ma sto scrivendo d'amore».

«Sì, ma pensavo di averti dato un lavoro, come dire, leggero, e invece».

«L'amore non è leggero, come potevi pensare che...».

«Non ce la fai a scrivere solo di quello. Anche per distrarti un po', che so...».

«A come devo distrarmi lascia che ci pensi da sola».

«E fammi dire. I processi di Genova, le periferie di Marsiglia, le manifestazioni a Torino contro le grandi opere. E nella Puglia ci metterai i balli e le fobie, ho indovinato? Ritornano i tuoi temi, anche qua».

«Se volevi un supplemento frivolo non avresti dovuto chiederlo a me».

«Lo so. Infatti io non voglio un supplemento classico, ce ne sono a bizzeffe, io voglio qualcosa di diverso e che venda».

«Ci sarà una concorrenza spietata di smancerie».

«Ora, Monica, non attaccare con i tuoi discorsi rivoluzionari che non hanno senso. C'ho da fare, ti dedico anche tanto tempo, sei una valida giornalista, sai che ti stimo e che...».

«Non voglio farti perdere tempo, anche perché devo fare i bagagli. Solo una cosa».

«Dimmi».

«Lavoriamo per una testata innocua?».

Corazón coraza

Solo a scrivere il tuo nome mi tremano le mani.

Amante di mesi, ogni giorno mi facevo bella per te. Ogni notte mi scapigliavi per farmi svegliare con le occhiaie e il sorriso ebete, ma anche con gli occhi grondanti di energia.

Mai avevo vissuto un inverno così mite e così carico. Mi hai persino guarita dalla mia anemia. Il mio sangue di campagna ha fatto pace con l'intero Mediterraneo e non ho avuto più bisogno di integratori di ferro.

Siedo sulla spiaggia con a fianco Mara e Tania.

Siamo di nuovo qua, e come ho letto ieri notte, appena arrivate, nella scritta catalana di un ristorante, "Com a casa". Non c'è fretta sotto questo azzurro. I pensieri mi entrano in corpo come una trasfusione di sangue. Non sono liquidi estranei certi pensieri, non scatenano nessun rigetto. Dietro di noi l'Hospital del Mar con il corridoio a vetri.

Raccolgo la sabbia fra le dita e la lascio scorrere sul mio anello. È un mosaico rosso squadrato, un incrocio fra lo stile di Miró, Gaudí e Picasso, come le case storte vicino al mare, un'essenza di te a bendarmi il dito.

Ci siamo fatte il lungomare da Barceloneta al Moll de la Marina, fino ai due grattacieli e al pesce di rame che visto da sotto sembra si apra per diventare uccello, ma anche aereo proprio in mezzo alle due torri di acciaio. Sei anni fa questo pensiero non lo avrei fatto, perché quando noi stavamo qua non era ancora successo niente.

Le palme a segnare la strada, una linea fra la spiaggia e le costruzioni dell'uomo, quasi a voler recintare la vita artificiale che ci siamo inventati per secoli tra vetri, tetti, antenne e mattoni. Ma un attimo quotidiano, la vita vera, lo trovi a riva. Dove piccoli gruppetti di pensionati giocano a domino e una signora fa l'uncinetto. Oppure lo trovi al mercato, come a quello di Santa Caterina con i colori della frutta, del pesce e della carne fra i sorrisi delle donne che dietro ai banchi fanno le fusa come gatte ammalianti.

Ieri l'arrivo, nel mezzo della notte. Il taxi nero con le strisce gialle è il nostro animale notturno sul quale salire in groppa. Grau i Torras n°17, il nostro portone, i codici da digitare per entrare, tre zaini che salgono scale strettissime. Lasciamo i bagagli e usciamo, che c'è venuto appetito. Infiliamo in un baretto, Fil Ferro, in Carrer de Sant Carles. È a due piani, saliamo e ci sediamo. *Tarta de queso* con fragoline e *cerveza.* Il tipo del bancone viene da noi e ci chiede: «Vi pulisco il tavolo?». È italiano, è di Torino, è qua da anni e non pensa proprio di tornare a casa. Noi invece a casa siamo tornate. Ricordo il pianto lento e inesorabile durato per tutto il viaggio. Gli altri passeggeri in aereo mi guardavano pensando che avessi subito una disgrazia immane. Sforzandomi sorridevo loro per rassicurarli. Non era morto nessuno, mi sentivo solo io morire un po'. Sentivo che qua stavo lasciando una delle vite che non avrei vissuto mai, sentivo che qua lasciavo l'Amante di mesi, dovevo tornare dal mio futuro che non sapevo. Allora dovevo finire di studiare e avevo anche un uomo che mi aspettava a casa ed è buffo pensare che oggi sono qua di nuovo, senza Amori, senza quelle condizioni, ma non sono venuta per tornare da te. Sono venuta a vedere come stai, se mi hai perdonata per averti mollato senza darti spiegazioni. Ma tu no, non ti sei sentita mai tradita. Tu, in ogni tessuto di me, non hai subito lacerazioni o strappi. Tu hai continuato ad amarmi da lontano, entrando nei miei sonni la notte, come visioni, come sussurri. Io sono tua e lo sarò per sempre. Il sempre che si usa dire un giorno, perché il domani è lontano.

La prima volta che ti conobbi, avevo vent'anni. Partii una mattina facendo la valigia in pochi minuti. In auto col *Mioprimoamore*, la *Miaprimavoltaallestero* con i *Mieiprimisoldiguadagnati*.

Quando arrivai a Ventimiglia, il cuore accelerò, sembrava volesse uscire anche lui dal confine del corpo. Mostravo i denti in una paralisi di sorriso. Ce l'avevo fatta ad andare lontano, a uscire dal mio paese, a uscire da me.

Non sapevo niente di te.

Eri solo un cartellone sulla strada da raggiungere.

Ci arrivammo la notte. In un punto che c'era un sacco di gente in un caos festoso. Parcheggiammo e ricordo ancora il vestitino viola che mi copriva appena. Eravamo in Plaça d'Espanya. C'era lo spettacolo delle fontane. Io vidi quell'acqua salire e scendere al ritmo della musica.

A ogni impennarsi dell'acqua verso il cielo, ne presi gli schizzi, mi sentii come battezzata, come iniziata a te. Ti sentii fertile e io sedotta.

Ricordo la cartina distesa sulle mie gambe mentre il Mioprimoamore guidava. Mi chiedeva dove dovevamo andare, ma io non lo sapevo. Non sapevo dove saremmo andati né tu né io, né noi insieme. Dicevo soltanto: «Siamo sulla Diagonal, guarda, taglia come una ferita da lama tutta la città». Mi piaceva accarezzarti sulla cartina, puntare il dito e seguirti nelle tue forme. Che ti volevo lo sentii subito.

Il porto, le barche e il *Mioprimoamore* che si addormenta su un asciugamano sulla spiaggia. Mentre io non ce la faccio, io sono eccitata da te, non mi stanco di guardarti. Vedo muoversi enormi aquiloni e penso che sei fatta di ferro e vento, mare e cemento, di carne umana che viene da tanti luoghi diversi. Mi fermo a guardare le cartoline ai chioschi sulla Rambla. Ne vedo tante colorate, tante forme strane. Imparo il nome dell'architetto Gaudí. È lui il tuo stilista, modella mia. Hai molti abiti suoi, qua e là, e io voglio vederti sfilare per me. Il Parc Güell con le sue stoffe di mosaici di ceramica, con i tuoi vestiti che sembrano di marzapane, fatti per le favole, che qua sei un po' Cenerentola, ma anche Biancaneve e Hänsel e Gretel. Mi siedo sulle tue dolci forme guardando tutta la città, i tuoi cappelli piatti di tetti e antenne come piume. E il rospo di ceramica sulla scalinata cos'è? L'animale che non è ancora diventato il tuo principe azzurro?

Mi fermo sulle panchine del Passeig de Gràcia, quelle col lampione che sembra l'antenna di uno strano insetto e la seduta comoda di ceramica bianca. Qua chi ci fai sedere? Chi è che si ferma e ti tocca?

I colori di Casa Batlló, che sul tetto pare spunti un dorso di dinosauro e la facciata sembra di gomma da quanto è morbida agli occhi. Ricordi quella domenica mattina che mi sedetti di fronte per disegnarla e i giapponesi mi lasciarono gli spiccioli? Non capivano che lo facevo solo per te, per ritrarre una tua smorfia.

E le tue curve grigie della Pedrera, che sembri vestita da sera, con il ferro dei balconi che sono i tuoi gioielli. Con chi esci stasera? Vuoi uscire con me? E le maschere strane a vegliare il tuo capo sono marionette? Mi fai giocare con i tuoi fili?

Mi incanta vedere come ti vesti e ti spogli. Prima ti fai signora sul trono del Tibidabo o su quello di Montjuïc e poi ti dai sulle strade. Indossi grattacieli ai piedi e poi scalza vai per bettole, vecchi capannoni, ex fabbriche, vetri rotti, calcinacci, stracci tesi al vento, case sventrate. Il tuo profumo qua si fa pesce e spezie. Qua hai i capelli arruffati e le mani sporche e callose. Nei quartieri sei nuda.

La Sagrada Família è il tuo vestito ancora posto sul manichino della sarta. Le gru sono gli spilli che imbastiscono. È il tuo abito da sposa? Vuoi sposarti con me?

Alla locanda Can Maño in Carrer de Pizarro, nel cuore di Barceloneta, ordiniamo del *pescado*. Il proprietario ci porta il pane e ce lo spezza con le mani in tre parti per poggiarlo sul tavolo. Entrano due musicisti che improvvisano *Guantanamera* e Tania e Mara cantano. Io cerco qualche spicciolo da mettere nel bicchiere dei due suonatori. Guardo gli euro e penso a quando facevamo i conti con le pesetas nel nostro appartamento a Nord. Eravamo "le ragazze di Fabra i Puig" e tutti ci invidiavano la nostra splendida terrazza dentro una corte di periferia. Ora non siamo le ragazze di nessuna via. Le vie le attraversiamo e le facciamo a piedi. Voglio sfiorare di nuovo la tua pelle. Sei stata ritoccata da tanti architetti in questi anni, eh? Le estetiste ti hanno rifatto le unghie, qua e là la ceretta a lisciare le tue gambe, ma ancora da qualche parte si sente la tua ruvidità, le rughe che il sole e il mare ti lasciano senza rimedio.

Nei tuoi parchi ritrovo la morbidezza. Il verde dei tuoi capelli, che la domenica mi divertivo a lisciarti sdraiata nel Parc de la Ciutadella. In quello di Barceloneta oggi giocano ai birilli. Lanciano delle bottiglie di legno per buttarli giù. Guardo quei lanci in mezzo alle palme e con le spalle al mare. Donne e uomini che si contendono una coppa. E a ogni birillo che cade si solleva la polvere, e dentro di me penso ai miei Amori, quelli buttati giù, giorno dopo giorno. Il sole ci scalda, lo senti? No, Amante di mesi, non sono qui a cercare un premio, dopo tutti questi anni. Non sono qui a chiederti amore eterno. No, sai, non ho uomini a casa che mi aspettano. In realtà non ho neanche un'altra città che mi aspetta. Però mi aspetta la mia vita, quella che tu non sai, quella di tutti questi anni. Come io non so della tua, ma neanche voglio sapere.

Voglio godere di te, di nuovo, perché ora so che non puoi farmi male, che non sei il mio rimpianto, né il mio futuro. Non sei neanche un vecchio polveroso ricordo, sei qualcosa che respira, sei il mio cuore che batte, il mio stomaco che gorgoglia, le mie gambe che si muovono. Ti voglio ancora dentro di me perché sei me e l'amore più grande di me. Lo voglio e non farmi domande.

Giriamo per negozi lungo le vie del Born e del Gótico. Voglio comprarmi qualcosa per portarti addosso come un amuleto. Mi voglio vestire di te. Mi provo delle zeppe di iuta con la stoffa nera di seta in un negozio dove attaccato alla parete Dalí mi guarda divertito. Divento altissima e i polpacci si fanno roccia a ogni passo. Esito, non sono abituata ai tacchi. Mara e Tania sorridono e anche la signora minuta e gentile a servire mi dice che sono favolose. Decido di acquistarle. Ho imparato a stare senza di te, imparerò anche a camminare con queste. Me lo insegnerai come mi hai insegnato l'assenza.

Sedute da Madame Jasmine, intravedo dall'ingresso la coda del gatto di Botero sulla Rambla del Raval. La ragazza dietro al bancone sfoglia un giornale canticchiando Veloso che esce dalle casse. Le porte dei bagni hanno una maniglia fatta con una Barbie per le donne e con un Big Jim per gli uomini. Questo particolare che scopriamo una a una andando alla toilette ci fa iniziare a parlare di uomini. Quelli che amavamo quando stavamo qua, ma anche gli altri. Tutto si sovrappone e si mescola, la conversazione non segue un ordine. Poi però ci fermiamo su un nome, Mario Benedetti. Cerchiamo tutte e tre i suoi libri in castigliano. Vogliamo le sue poesie e ci stupiamo di questa ricerca comune.

«A me lo ha fatto conoscere il cileno» dice Mara.

«Ma dai? A me ne parlò il catalano» aggiunge Tania.

Io dico il mio. I nostri amori.

«Alcune le so a memoria» dice Mara.
«Recitane una, per favore» dico io.
«*Corazón coraza*» fa lei senza indecisioni.
Mara beve un po' di te, ci guarda e inizia.

«*Porque te tengo y no*
porque te pienso
porque la noche está de ojos abiertos
porque la noche pasa y digo amor
porque has venido a recoger tu imagen
y eres mejor que todas tus imágenes
porque eres linda desde el pie hasta el alma
porque eres buena desde el alma a mí
porque te escondes dulce en el orgullo
pequeña y dulce
corazón coraza
porque eres mía
porque no eres mía
porque te miro y muero
y peor que muero
si no te miro amor
si no te miro...».

Mi perdo nella musica della lingua. Guardo la bocca di Mara muoversi, intorno a noi non c'è altro che quel suono. Una poesia in bocca, come una caramella che non si consuma mai.

«...*porque tú siempre existes dondequiera*
pero existes mejor donde te quiero
porque tu boca es sangre
y tienes frío
tengo que amarte amor
tengo que amarte
aunque esta herida duela como dos
aunque te busque y no te encuentre
y aunque

la noche pase y yo te tenga
y no».

Siamo emozionate perché abbiamo un appuntamento in Plaça Catalunya. Incontriamo Jordi, che seguiva i corsi con noi all'Universitat Autònoma. Noi eravamo le uniche ragazze in Erasmus in una classe di catalani. Mara qualche anno fa lo ha rincontrato casualmente in Chiapas, si ricordava ancora della nostra festa prima del ritorno in Italia. Era febbraio, ma la terrazza era assolata e si stava a maniche corte. Tutti quelli che avevamo incontrato vennero a salutarci. In quella terrazza c'era un po' d'Europa che avevamo conosciuto, quella fatta di tante piccole storie che si intrecciano a momenti e non quel cerchio fatto di stelle su una bandiera blu che mi aveva sempre ricordato una corona di spine.

Con il nostro ex compagno di università parliamo della situazione politica internazionale, di quella italiana e di quella spagnola. Parliamo della speculazione edilizia che ferisce le nostre città, che scartavetra i quartieri, e qua c'è pure un grattacielo nuovo a forma di pallottola che ne è diventato il simbolo: la Torre Agbar, a forare il Poblenou.

Ci raccontiamo cosa abbiamo fatto in questi anni. Dei lavori a termine e mal pagati. Jordi ora lavora per il comune e vive con la ragazza un po' fuori città, perché gli affitti sono diventati inaccessibili. Parliamo di amori anche con lui. Ci dice che le storie di coppia qua sono fatte di vestiti di Zara e mobili di Ikea che suonano "gnighignoghi", dice proprio così, che scricchiolano e non si sa quanto durano. Sorridiamo, anche da noi è così. Guardo il cielo buio. Vedo che ti illumini. Amante di mesi, com'è che suoniamo tutti *gnighignoghi*?

La mattina una voce metallica mi sveglia. Dico a Tania che pare che fuori ci sia l'arrotino a urlare dal megafono. Lei ride, ma io mi affaccio a vedere. Non c'è nessuno che vuole affilare lame, stanno girando un film sotto il nostro balcone.

È tempo di uscire, è tempo che attori e comparse si tolgano da queste strade, che noi dobbiamo farci un giro. E, come se lo avessi ordinato io, tutto sparisce in un attimo.

Viviamo vie e piazze, bar e mercati, librerie e negozi. Siamo affamate di te. Ritorniamo a Gràcia, dove la sera stavamo con tutti gli altri studenti in Plaça del Sol o anche in Plaça de George Orwell, detta Plaça del Trip se non ricordiamo male, a mangiarci un panino greco.

Torniamo anche a Horta, nel nostro quartiere. Prendiamo la metro, la linea blu, e sentiamo la voce che elenca le fermate e dentro di me le recito come un rosario. Entriamo nel supermercato dove ci compravamo il *pan de pueblo*. Entriamo nella libreria dove ci fermavamo a prendere un caffè e leggere una rivista. Arriviamo fino a Fabra i Puig, la nostra via, che nell'ultimo tratto di strada in salita si aveva il fiatone a portare la spesa. Arriviamo al nostro campanello. Suoniamo. Magari riusciamo a rivedere la nostra terrazza, le piante, il canestro. Si trattiene il respiro.

Non ci risponde nessuno. Si abbassano le spalle e le teste.

Lo sentite il sollievo? Amante di mesi, non ridere di me. Stringimi, invece, stringimi.

Certo, le domande tu me le sai fare nel silenzio. Di solito quando siamo sole tu e io. Hai un pudore che non si direbbe pensando a tutti quelli che ti vivono, ti attraversano muovendosi su ogni mezzo, calpestandoti, palpandoti e facendo rumore. Centinaia di migliaia, tutti su di te, e non sono gelosa di nessuno.

Davanti al mare tu che mi abbracci da dietro, qua lo sai, senza il caos del traffico o la voce meccanica della metro riusciamo a parlarci davvero.

Sì, rifarei tutto quello che ho fatto. Non ho rimpianti, sai? Neanche quando me ne sono andata da te. Era l'inizio del 2001, tutto doveva succedere. C'era fermento, avevo speranza, volevo dare una mano all'Italia. C'era il movimento e non era ancora morta Genova o crollata New York.

Non è stato facile. Quando tornai al mio paese facevo fatica a uscire, a trovare un senso al mio stare là e non qua da te. Sai, mio fratello venne a prendermi all'aeroporto e dopo sei mesi che non tornavo a casa, abituata a te, al mare che tagliava i miei occhi come si affetta il cocomero a metà, per la strada in auto scambiai le mie colline per montagne. Mio fratello mi guardò dallo specchietto con la pena e la tenerezza con cui si guarda una pazza. Tutto mi sembrava cambiato, ingrandito, complicato.

Sì, mi sono laureata e lavoro. Non che ci campi troppo bene, sono precaria. No, non so cosa avrei trovato qua, non si vive di se. Più che altro ho trovato me, tu me lo hai imposto. Mi hai costretta a chiedermi chi ero e cosa volevo. Oh, non si trovano mica mai le risposte...

Amante di mesi, ora scrivo.

Lo so. Qua non scrivevo. No, non te la prendere, non te ne faccio una colpa. Io qua non scrivevo perché avevo altri impegni. Io qua dovevo studiare, fare la spesa, pagare l'affitto e far quadrare i conti, divertirmi, visitarti, scoprirti in ogni angolo. Io qua cominciavo a scegliere: con chi uscire, con chi stare, cosa fare, cosa mangiare e a che ora. Cominciavo a chiedermi cosa avrei fatto dopo. Capivo i miei gusti senza nessuno a condizionarli. Tu mi rendevi libera giorno e notte, e più mi rendevi libera più mi legavo a te, più ti amavo a dismisura. Perché stavo imparando ad amare anche me, ad accettarmi un po'. Perché per te io mi sentivo bene e bella. Con te crescevo.

Che c'entra con la scrittura? Aspetta. Io la scrittura non l'accettavo come non si accetta il corpo che cambia, le tette doloranti, i fianchi che si allargano. Adesso rido dei miei difetti del corpo. Sulla scrittura ancora ci trovo poco da ridere. Scrivere è anche e soprattutto un privilegio, ecco forse perché non lo accettavo. Non posso fare a meno di pensare che mentre io scrivo c'è qualcuno che sta sudando. Stare da te era un privilegio e io non l'ho accettato. Dovevo tornare a casa, finire gli studi e lavorare, che i miei non sostenevano più questo peso. Non sopportavo più i loro sacrifici. Dovevo tornare a sudare con loro. Non sono stata coraggiosa a lasciare tutto per te? Non lo so. Credo che il coraggio mi ci è voluto per tornare a casa, per darmi da fare, credimi.

Sì, ho amato altri uomini e altre città. Cercavo anche le somiglianze con te, sai? Non mi vergogno a dirtelo. Ti ho sognato che avevi tante facce, ti sognavo nei cambiamenti.

Lo so che tu mi dicevi: «Scrivi, scrivi», e io non ti ascoltavo. È l'unica cosa da te che rifiutavo. Perché se io avessi ricominciato a scrivere qua, non me ne sarei più andata. Ti ho fatto resistenza così, lo ammetto. Perché scrivere è un privilegio, ma anche amare lo è, e forse quello che ora accetto è di avere bisogno di entrambi. O meglio, quello che ora accetto è che fanno parte di me. La scrittura e l'amore.

Messa così è patetica o mi capisci?

Che scrivo? Fammi la domanda giusta. Non girarci intorno. Vuoi sapere se scriverò di te, vero? Sì, lo farò. Lo sto già facendo, anche qua, non te ne sei accorta? No, non sarai un luogo da sfondo per personaggi o storie, per me non lo sarai mai.

Con in bocca un lecca-lecca a forma di cuore che ci ha regalato il barista dopo aver pagato *la cuenta*, me ne vado. Non piango come l'ultima volta, ma sorrido con le labbra macchiate dal caramello rosso che sto succhiando. Il mio *corazón coraza* ti saluta, Barcellona.

Le due sedie

«Bella!».

«Ciao Chicca».

«Bentornata! Com'è andata?».

«Bene, siamo state bene».

«Ti sento una voce morbida».

«Sì, sto in pace».

«Quand'è che sei tornata?».

«Ieri l'altro, ma sono due giorni che sono chiusa in casa a scrivere».

«Che bellezza».

«Ho fatto delle sudate. Non so se hai presente quando hai la febbre e inzuppi la maglietta...».

«Però dopo stai un incanto».

«Sì. Sono tornata in forma, Chicca, ne devi approfittare!».

«Quando sali da me? Oggi puoi?».

«Certo, non vedo l'ora. Per pranzo potrei farcela».

«Porta tutto che ci mettiamo le mani».

«Tutto... sì».

«Che c'è?».

«Nei giorni che sei stata via ho lavorato».

«Ah, bene, sei andata avanti?».

«Non lo so se sono andata avanti».

«Se hai dei dubbi te li faccio passare io».

«Meno male che non ci prendono nello stesso momento».

«E dai, che c'è?».

«Ho riunito una decina di foto con le due sedie vuote».

«Ah...».

«Ho riaperto quelle cartelle e dallo schermo una scarica di colpi addosso...».

«Non potevi aspettare che fossi nei paraggi?».

«No, giusto da sola lo dovevo fare. Sono stati giorni, come dire... importanti».

«E come...».

«Tom Waits a palla, schermo, qualche stampa, blocco per appunti, fazzoletti e noccioline. Che altro?».

«Sei una grande».

«Oh, ho sudato come te».

«Così smetti di fare l'arrogante. *Gli ingredienti, Bancone, le città, dai, Moni, che ci vuole?*».

«Un fegato della Madonna ci vuole. Però non vedo l'ora di darti queste foto. Ho già scritto delle didascalie brevi con la città dove l'ho scattate».

«Sì, lì ci mettiamo solo le sedie con le due righe. Solo, faccio per dire...».

«Ce ne sono due di paglia e poi due scassatissime, sono le mie preferite».

«Ma quindi sei sicura di volerle usare per il supplemento? L'idea del libro fotografico sulle sedie? Guarda che non me la prendo a male, è un progetto tuo...».

«Era un sogno con lui, lo sai. Ma è un sogno che è rimasto per me, lo sento. Ho deciso».

«Hai deciso?».

«Sì, anche perché ho chiamato Bingo e gli ho chiesto un investimento in più».

«Cioè?».

«La carta. Non mi gioco certe foto su carta scadente».

«E che ti ha detto?».

«Ha detto che siamo delle ragazzacce! Però non stiamo spendendo molto e stiamo facendo tutto da sole, il che gli fa risparmiare un sacco di grane. Ormai si sta arrendendo...».

«Ha detto di sì?».

«Vuole i prospetti delle spese continuamente aggiornati. E per il resto, mi ha detto, pensateci voi».

«Pure Bingo hai convinto, non ci posso credere».

«Carta, formato, copertina, scegliamo noi. Sul titolo ancora c'è da lottare, ma non è detta l'ultima parola. Dillo che sono un genio».

«Fai veloce, che per telefono non ti posso abbracciare».

«Strofinare. Devi strofinare la lampada».

«Matta».

«Prendo il tappeto volante e sono da te».

Mani bagnate e muschio nero

Stasera al Cavalletta c'è un gruppo di percussionisti brasiliani. Finalmente un po' di buona musica in quel posto.

Sono con mio fratello Vanni e la Rina, che era da tempo che non ci passavano. Non mi andava di rimanere in casa pure stasera a lavorare e poi sì, ho voglia di rivedere lui.

La Rina chiede da bere mentre io sto dietro. Lui mi fa: «Ciao Monica» e abbassa gli occhi. Un atteggiamento non da lui.

Ogni tanto l'osservo e vedo che fatica a essere gentile.

Poi si affaccia dalla parte del bancone dove stiamo noi a ballare al ritmo dei tamburi. Mi sorride.

«Avrai capito che non sono molto capace col cellulare e con le parole».

E io un po' stufata: «Sì, vabbè...».

Ho paura che mi prenda una certa malinconia, allora chiedo un altro mojito. Me lo serve una tipa, che lui non c'è. Rientra, mi guarda male e mi fa: «Da lei lo prendi? Non da me?».

Alzo le mani per fargli capire che prendo da bere da chi me lo dà.

Intanto continuiamo a stare nei pressi del bancone a chiacchierare con Vanni e la Rina.

Lo osservo un momento e lui guarda fisso nel vuoto.

All'ora di andar via faccio un cenno di saluto.

Lui si sporge dal bancone e con le mani bagnate mi tocca una guancia. Mi tiro un po' indietro pensando: *che fa questo?* Ma lui non molla, anzi, dalla guancia mi stringe la testa e mi dà due baci. Due baci che fanno *sgnoc* sulle guance, non di volata, ma che entrano nella carne. Vorrei dirgli "Ma che ti prende?". Mentre allontana le sue labbra dal mio viso, mi chiede: «Cos'è questo odore di caramella?».

Ho iniziato a ridere «Caramella? Io che so di caramella?».

E lui: «Cos'è?».

E io: «Muschio nero».

Me lo ha portato la Rina dall'Egitto. Mi si è rotto il tappo del flaconcino e così credevo che avesse perso forza. Com'è che senti il mio profumo quando sta svanendo?

Fa le lune

Oggi sono di buonumore.

«Pronto?».

«Monica? Monica? Monica?».

«Sì?».

«Monica? Monica? Monica?».

Si comincia bene, ha voglia di scherzare. Anche lui è di buonumore. Sta rientrando in casa. Saluta i suoi amici, sento voci.

Sì, avevo ragione, ieri sera era assente.

«Volutamente assente. Volevo fargli capire che non sono un ragazzino, che certi atteggiamenti...». Ma di chi sta parlando? Della gente dietro il bancone. Eh, ti credo! «Pure io certi atteggiamenti non li capisco» dico. E lui: «Se già ti capivo prima, ora ti capisco anche di più...».

«C'è gente lì che mi fa male, ecco».

«A me piace il mio lavoro, lo vedi, no? Io sono molto aperto, ma a volte certe confidenze non se le meritano. Oggi va già meglio».

Che qualcosa non andava me ne ero accorta. Tu sei gentile e cortese con tutti. Cosa che non sono gli altri, che portano sopra il palmo della mano solo un certo tipo di gente. E poi fosse solo un problema di educazione, c'è il resto che non sai, su cui sto raccogliendo informazioni.

Ecco perché spiccavi. Ecco perché il mio sguardo non voleva più andarsene da te. Quel chiedermi: «Ma questo che ci fa così diverso in mezzo a loro?».

Tiro fuori quello che non mi torna, che non riesco a capire.

«Non ci credi che abbia così tanto da fare, eh? Credi poi che sia come loro, un arrogante. Che motivi avrei per prenderti in giro? Sono molto stanco. Sono venti mesi che non vado in ferie. Penso proprio che a settembre almeno quindici giorni in Sardegna non me li toglie nessuno».

Non so che motivi avresti per prendermi in giro. Ormai so che non ci si può fissare, che poi ci rimango male, che prendo quello che viene.

«Non è che mi riesca di dire certe cose al telefono. Però... Tu sei una delle poche persone che è passata da quel bancone con una sostanza dentro. Sai stare in un angolo in silenzio. Gli altri no, hanno paura del silenzio, loro. Girano intorno a quel bancone con la smania. Non so, alle volte penso che abbiano messo la testa in banca e che la debbano andare a ritirare fra quaranta, cinquant'anni, quando non gli servirà più. Sono curioso di quello che c'è dentro, che hai dentro. Poi questo fatto dei biglietti è bellissimo... e la cosa che stai scrivendo, la vorrei leggere».

Ti ho svelato che sto scrivendo di ingredienti, città, amori, cocktail.

«Eh! Quando tutto finirà, quando verrà pubblicata, la leggerai».

Rido e ride anche lui. Forse pensa che sia tutto uno scherzo. Come per me all'inizio, quando Bingo mi propose il supplemento per San Valentino.

Mi dici che ormai anche la gente dietro il bancone ha capito qualcosa di noi due, che scherzano con lui, fanno battutine. «Quando ti do troppa confidenza, quando mi avvicino, tu ti ritiri e stai male. Quando sono più sulle mie, magari te la prendi, e allora non so come comportarmi là».

Sto in silenzio, non ho niente da replicare.

Parliamo della luna, che tu la vedi salire da dietro il Cavalletta, che in queste sere sta diventando piena. Sì, lo so, ti dico, e anch'io mi sento riempire, gonfiare. Mi dici che è molto bello quello che dico.

La sera la guardo quella luna, fra i palazzi intorno alla casa di riposo con i vecchi che mi sorridono e vogliono ballare o anche solo vedermi ballare. Guardo la pelle aggrinzita delle mani, e i loro abbracci a cingere i fianchi mi sembrano di una bellezza incredibile. Faccio bolle di sapone sulla pista dove ballano ed Emma, che ha perso molte rotelle in testa, urla eccitata: «Guardate Monica. Fa le lune!».

E allora interviene Aldo: «Ma lo sai, Monica, che la luna è come se fosse una lampadina da cinquantasei milioni di watt e che ci vorrebbero quattro anni di produzione elettrica per illuminarla una sola ora?».

Quando me ne vado dall'ospizio è tardi. La luna illumina tutto. Cinquantasei milioni di watt accesi per farmi luce.

Che splendore vedere il lago farsi acciaio.

Effetto senza di te

È lunedì. So che non ci sei al Cavalletta e io ci vado con tutte quelle ragazze che hanno voglia di chiacchierare davanti a una birra bianca con limone.

Voglio vedere che effetto mi fa senza di te.

La luna cerca ancora di mantenersi rotonda anche se non ce la fa più, non lo sostiene il cerchio, si smussa, si sta sgonfiando. Mi godo il fresco e le mie amiche. I pensieri si fanno talmente piccoli che potrei tenerli tutti sul palmo della mano.

Senza di te non c'è niente da raccontare.

Tuoni fra nero e rosa

Tuoni.

Forte, più forte che puoi. Pioggia scendi, vieni, raggiungimi.

Pulisci tutto quanto, spazza via il sudiciume. Non voglio che piova perché il Cavalletta chiuda, lui si liberi e io possa vederlo. Voglio la pioggia per me e per *qua*, dai torrenti manca l'acqua e si seccano i campi.

Venite nuvole nere e rapide. Borbotta cielo, ancora più forte.

Io ci sto mettendo tutti gli ingredienti che posso. Ma non vuoi uscire da quel bancone per farti conoscere. Cosa c'è? Tu non hai ingredienti per me se non quelli che offri davanti al bancone, davanti a chi e a cosa non sopporto.

Lo chiamo, ma non è raggiungibile.

Intanto tuona da mezz'ora.

Che venisse una di quelle acquate micidiali, la potenza di un bello scroscio che fori il lago a ogni ago di pioggia e l'acqua che impregni ombrelloni e sdraio là intorno a quel bancone.

Ritento. Lo devo trovare.

È libero. Mi batte il cuore e tuona.

Risponde, saluta e mi fa: «No, Monica, vedessi che cielo splendido, è spezzato. Da una parte è tutto rosa e dall'altra nero, che fai? Come stai?».

Farfuglio che mi sento presa in giro, che gli ingredienti li metto solo io, che non capisco. Il cielo metà nero e metà rosa mi confonde. Tutto il discorso che avevo in testa è diventato poltiglia.

Lui sta un attimo in silenzio. Mi chiede se questa reazione è dovuta a ieri, che ha lavorato anche se pioveva. No, no, non è per quello. E mi fa: «Ma è vero. Monica, te l'ho già spiegato che a fare tutte queste cose non ci riesco, che quando troviamo il momento per parlarne a voce sarà meglio che al telefono...».

«Sì, vabbè» dico io con un filo di voce.

«Mi devo mettere da parte?».

«Sei sempre stato da parte».

«Ma ti ho detto che succederà. Sto arrivando al bancone, Monica, e sono tutti sotto la tettoia. Io comunque non capisco questa tua fretta e angoscia».

E io: «Mi sa che non ci capiamo. Vai, buon lavoro».

Riattacco e mi sento male. Una telefonata da gatta attaccata alle palle, direbbe la Lina. Io non sono così, ma oggi piove. Oggi tuona, il cielo è metà nero e metà rosa e qua a rimuginare da sola non ce la facevo a stare.

Scambio qualche messaggio con Chicca che mi scrive:

E se davvero avesse una velocità diversa? È possibile stoppare un pensiero, una voglia e metterla in attesa? Non so, a me non riesce. Io trovo sempre spazio anche dove non ce n'è per una passione, perché mi dà l'adrenalina per spaccare il mondo. Però, Monica, non è detto che sia così per tutti. Non esiste un unico modo.

Il cielo è ancora metà nero e metà rosa. Finalmente inizia a piovere.

Tre biglie e sei spicchi di fragola

Lina, Vito e io andiamo a cena al Cavalletta. Arriviamo all'ora dell'aperitivo, la più bella. L'ora in cui gli ombrelloni vengono chiusi e le colline intorno al lago si fanno corolle viola e non c'è molta gente perché i bagnanti se ne sono già andati e gli esaltati della notte non sono ancora arrivati.

Lina mi ha detto che ci sono pure dei suoi amici a cena con noi. Scopriamo che sono anche amici di Bancone. Infatti tu da dietro il verde menta strabuzzi gli occhi quando ci sediamo tutti insieme a tavola, Lina, Vito, io e un gruppo di sardi.

Mi alzo per prendere l'aperitivo.

Mi dici che sei contento, che ci sono molti tuoi amici e pensa te com'è piccolo il mondo, che in quella tavolata ci sono anche io.

Ti faccio rotolare sul bancone tre biglie. Una gialla, una rossa e una blu, che seguono le venature del verde del legno.

«Sono per te» dico. «I colori primari» aggiungo e le prendi e le fai rotolare sul palmo per poi metterle nel taschino della tua camicia.

Vorrei dirti di giocarci e invece ti dico: «Sono di Barcellona, le ho comprate vicino alla spiaggia».

«Pure lì sei stata» commenti distratto.

In un momento sento Aldo vicino che mi sussurra all'orecchio, come l'altra sera sulle bolle di sapone e la luna.

«Lo sai che nel 1687 Barcellona venne invasa dalle cavallette?» faccio guardandoti negli occhi.

Non dici una parola, ma ora sì che sei attento.

Mi guardi mentre spacchi il ghiaccio tenendolo in una mano.

«Fosse esistito, non lo avrebbero mai chiamato così un locale a quei tempi» mormoro e con l'unghia cerco di portar via una scheggia di legno da quel bancone.

«Cosa vuoi da bere prima che le cavallette invadano la tua testolina?».

«Fai tu».

Mi versi in un bicchiere un liquido trasparente e poi nel fondo spicca un liquido rosso più denso. Mi guardi come un prestigiatore prima dell'ultima magia. Sui bordi con cura metti sei spicchi di fragola con le foglioline verdi.

«È bello».

«Senti se è anche buono».

Sorrido.

A tavola con i tuoi amici sardi parlo dei miei balli e della loro terra. Guardo Lina che ride, chiacchiera, mi versa il vino.

Gioco con la mia collana e coinvolgo tutta la tavola nel farlo, nell'inventare forme e poggiarle sulla tovaglia. Tu mi guardi dal bancone proprio mentre rido a bocca aperta.

La serata va avanti col Cavalletta che si riempie. Gente seduta sulle sdraio, sulle poltrone di vimini con i cuscini bianchi, gente al bancone, sui ciottoli, che balla sulla pista. E poi via via si svuota di nuovo. Il Cavalletta sta chiudendo.

«Rimani?» mi chiedi dal bancone. «Andiamo sulle sdraio. Ci sono anche i miei amici. Tanto ormai li conosci già».

Lina mi strizza l'occhio e decide di andare a casa.

Tu e la tipa, quella che quando non ci sei mi serve sempre da bere, uscite dal bancone con secchielli per il ghiaccio, shaker, bacchette e cucchiai che distribuite fra le mani di quelli con cui ho cenato. C'è anche un tamburello. Iniziano a suonare.

Tu mi guardi.

«Abbiamo pure la ballerina».

«È vero» fanno gli altri.

Una ragazza canta. Io accenno qualche passo fra i ciottoli. Tu mi guardi mentre percuoti il tamburello. Un minuto di ballo mi sembra non finire mai. Mi sento in imbarazzo e mi siedo vicino alla tua collega. Fra quelle che girano là dietro lei ha una faccia dolce e un corpo fragile. Scopro che si chiama Silvia e che, oltre a preparare cocktail, disegna. Ha creato lei la grafica di una campagna contro la violenza sulle donne che sta sui cartelloni lungo le strade di tutta la provincia. Ha creato lei il logo del Cavalletta, quello che conservo sullo scontrino col tuo numero di telefono.

«Non lo sapevi?».

«No, è troppo carina quella cavalletta stilizzata».

«Grazie» dice stupita Silvia.

Le dico del mio lavoro e che potremmo progettare qualcosa insieme, che magari quando si calmano le acque ne parlo con Bingo.

Quando arrivo ai saluti passo fra le ragazze che commentano «Che buon odore, cos'è?», e tu rispondi per me: «Muschio nero». Fortuna che qualcuno capisce "mucche nere", così si ride.

È quasi mattina.

«Vieni con noi a fare colazione?».

«No, vado a letto».

Ci abbracciamo. Sento che la tua schiena è incontenibile per le mie mani. Ci schiacciamo i petti. Gli altri si allontanano verso le auto nel parcheggio.

Ho una domanda che mi viene su lungo la gola. Ed esce fuori come il rigurgito incontenibile dei bimbi.

«Hai la ragazza?».

«No».

Abbasso la testa.

Non so se mi sento sollevata o mi sento una cretina totale per aver buttato lì una domanda del genere.

«Ora capisco» mi dice tenendo le sue braccia lungo le mie. «No, non è per questo. Mi piace conoscerti così, è bello. Non ti arrabbiare, davvero, non c'è motivo».

Domani parto e senza rabbia. La rabbia è un ingombro.

Il rombo della Cinquecento

Siamo strapiene: tenda, sacchi a pelo, macchine fotografiche, portatili, libri, fumetti, pallone, pomodori e susine, i nostri vestiti degli ultimi tempi e un paio di asciugamani.

Chicca ha tirato a lucido la Cinquecento rossa della sua nonna emiliana, quella che mastica il basilico. Ci hanno preso tutti un po' in giro che partiamo per il mare con questo mezzo. Noi non abbiamo fretta e neanche paura di rimanere a piedi. Qualche meccanico appassionato di vecchie auto si trova sempre.

Apriamo il tettino e i finestrini a manovella, entra l'aria e mentre Chicca guida continuamente mi dice: «Lo senti il rombo?» e ride. Ogni volta che lei mi dice del rombo è bello.

Quando ero piccola i miei avevano una Cinquecento bianca. Ci stavamo babbo, mamma, mio fratello e io, altro che le vetture familiari di oggi. Noi bambini si metteva le mani fuori dal tettino che ci sembrava di avere una macchina sportiva di quelle dei film, che ci faceva accarezzare il cielo. E poi il gioco che facevamo Vanni e io sui sedili posteriori. Si ruzzolava da una parte all'altra, seguendo la cinquina che curvava, con la mamma che ci ammoniva: «Smettetela che poi vi viene da vomitare». Ma noi smettevamo solo quando ci girava forte la testa, e allora ci si metteva fermi ognuno al proprio finestrino in silenzio a seguire le strisce bianche sull'asfalto. Ogni tanto mio fratello si girava di fianco a guardarmi per trattenere la nausea e io rispondevo strizzando un occhio. Eravamo ubriachi di curve e felici.

«Mi sono informata. C'è un locale dove fanno un mojito niente male».

«Mhhh».

Metto la testa fuori dal finestrino, la appoggio sul gomito.

Accarezzo lo specchietto. Immagino i miei amori, uno a uno, ai bordi della strada che fanno l'autostop, ma noi non ci fermiamo da nessuno.

Muovo la testa verso di lei. «E il mare qua com'è?».

«Blu».

Sorrido.

«E le stelle ce le andiamo a guardare?».

«Certo».

Mando un messaggio.

Ma le stelle marine cadono? E lasciano la scia? E là sotto nel fondo chi esprime i desideri?

Sento il suono che avverte dell'arrivo di un SMS. Leggo impaziente. Ma non è lui.

Carissima, noi ripassiamo le tue ultime lezioni. Sulle panchine del ricovero, la mattina presto si sta bene. Filomena dice meglio del paradiso. Emma ha risposto che è meglio non mettere nel mezzo il cielo, che non abbia a rispondere. Fai buone vacanze. Cordialità.

I miei vecchi. Sorrido.

Spengo il cellulare. Rimane il rombo della Cinquecento.

Fettine di arancia, amarene e due cannucce gialle

Stasera passa la Pix a prendermi per andare al Cavalletta.

Sono tredici giorni che non ti vedo. Ti guardo da lontano come le prime volte. Ti vedo bere il caffè, fumarti un cicchino, prendere scontrini, muovere bottiglie e salutare gente.

«Sono le conchiglie che esprimono i desideri» mi dici mentre sciacqui un bicchiere.

«E la scia la lasciano?».

«Certo, le bollicine» e mi fai un sorriso.

Sto per chiederti da bere, quando mi guardi storto e mi dici: «Ora basta mojito».

«Non farmi roba in quei bicchierini lì che mi casca tutto di fuori» e indico i calici a imbuto da oliva e Martini.

«È una vita che non passavi da queste parti. Eri in ferie?».

«Un po' di mare e un po' di lavoro».

Nel frattempo si avvicinano al bancone le "gemelle pin-up", come le hanno ribattezzate la Pix, Lina e la Ale, due belle e arroganti ragazze che si fanno largo proprio davanti a lui buttandomi ai margini.

Io guardo di là dal bancone di sbieco come per dirgli "Adesso stai zitto". Pix nota la scena e si avvicina.

Intanto sta preparando il mio cocktail. Prende un bicchierone grande e ci versa una poltiglia verde. Le pin-up commentano arricciando le labbra e il naso: «Ma cos'è, vomito?».

Tu non fai una piega. Pix guarda le due in cagnesco. Io continuo a guardare cosa stai facendo per me.

Sopra la poltiglia verde versi del succo alla fragola che

galleggiando forma un bel cerchio. Tutto intorno lo decori con fettine di arancia, mantenendo il cerchio intatto.

Sembra un girasole.

Poi metti al centro uno spiedino di amarene e due cannucce gialle. Mi allunghi il bicchierone passando davanti alle tette delle due gemelle.

La Pix sorride e rivolta alle due incredule dice: «Bravo il ragazzo, eh?».

Le pin-up ti chiedono con voce civettuola cosa c'è dentro. Tu guardi me, poi loro e, alzando i palmi al cielo come a dire che è un mistero, stai in silenzio.

Prendo tra le labbra le due cannucce gialle.

Mentuccia tritata con ghiaccio e rum. Alla base ci sono gli stessi ingredienti del mojito, ma lo sappiamo solo tu e io.

Il giorno dopo Pix mi scrive una mail dal suo ufficio.

Ho ritrovato la Moni con i suoi batticuori, le sue paranoie, le sue risate e le sue parole che tanto mi erano mancate. Non so come finirà, ma a modo mio io a questo bancone voglio bene.

Origami e cocktail stucchevole

Sono davanti al bancone. Si avvicina il Mioamore di *qua*.

Ci siamo amati per anni, da che eravamo ragazzini avvinghiati sulle panchine dei parchi.

È venuto anche lui a chiedere da bere al Cavalletta. Mi cedono un po' le caviglie.

Mi fa un mezzo sorriso. Fa strano non sapere più che facciamo, come stiamo, chi siamo.

Chiedo il mojito. Lui una vodka liscia.

Mioamore, ricordi le nostre birre? Il tuo tirare via il tappo alle bottiglie di vino? Cosa stiamo bevendo ora?

Non c'è Bancone a prepararmi da bere, è Silvia che mi sorride e schiaccia la menta in fondo al bicchiere assieme allo zucchero.

Uno a fianco all'altra aspettiamo di essere serviti.

Tu nel frattempo prendi un biglietto del programma del locale e piegandolo continuamente fai una cavalletta. Ho ancora i tuoi origami a casa in una scatola per non fargli prendere la polvere. Mi stupivano gli animali che riuscivi a tirar fuori dalla carta con le mani. Mi stupivano sempre le tue mani. Te le guardo e poi guardo la cavalletta sul bancone. Non mi trattengo. La tocco, cercando di farla saltare. Ti volti e solo con i due occhi mi rimproveri.

Non posso più giocare con te. Non sono più la tua bambina.

Scivolo via fra le braccia che si allungano sul bancone a prendere bicchieri.

Individuo Mara nella folla grazie alla sua fascia azzurra sui capelli. Stasera è voluta venire al Cavalletta, glielo avevo promesso alla cena.

Mi chiede: «È quello là con la maglia verde, Bancone?».

Penso a quanto è luminoso. «Sì».

Si guarda intorno. «È come stare dentro a quello che stai scrivendo».

In mente mi appare uno di quei libri cartonati da bambini che apri e davanti a te si forma un bancone e tante figurine davanti a bere cocktail. Le sorrido. Schiaccio con la cannuccia il ghiaccio tritato. Bevo.

«Mara, vuoi? Non mi va più il mojito».

«Perché?».

«Prendo qualcos'altro» le strizzo un occhio.

«Va bene. Ti aspetto qua».

Il Mioamore non c'è più, non lo vedo. Vado diretta al bancone.

Vedo la cavalletta di carta su una mensola vicino alla scorta di cannucce colorate.

«Che guardi?» mi chiedi da dietro il bancone.

«Ah, l'origami? È una cavalletta, ce l'ha regalata un ragazzo».

Fai per andare verso la mensola.

«Sì, l'ho visto mentre la faceva» abbasso la testa.

«Bravo, eh?».

Ti passo lo scontrino. Tocco la cavalletta disegnata sulla carta. Tu sfiori le mie dita. Ritiro la mano velocemente, non mi va.

«Che ti faccio?» mi chiedi.

«Quello che vuoi».

Con un bicchiere con del liquido rosa torno verso Mara.

È seduta su una sdraio e guarda il cielo.

«Allora?».

«È troppo dolce».

«Cosa?».

«Il cocktail che mi ha fatto».

«Dalla faccia che fai pare veleno».

«Tieni».

Mara prende il bicchiere e beve.

«A me non pare male».

«Bevi pure».

«Ho ancora il mojito da finire».

«E che sarà mai, dopo quello».

«Ma che hai stasera?».

«Se è l'unica cosa che mi dà, non può sbagliare a farmi un cocktail».

«Perché ti alzi di nuovo? Vai a prenderne un altro?».

«No, vado in bagno».

Mara mi guarda dispiaciuta.

Mi chino verso di lei piegando le ginocchia e appoggiandomi alla sdraio.

«Non è una gran serata, guarda là chi c'è».

Mara si volta.

«Dove?».

«Laggiù, in fondo, lo vedi? Se ne sta andando».

«Ah».

Mara sa chi è. Sa cos'è stato il Mioamore di *qua*. Lo conosceva bene quando era anche lui un attivista.

«Dai, ora devi aiutarmi».

Mara mi guarda un po' spaventata.

«Ha sbagliato gli ingredienti, è il momento di scrivergli un biglietto. Dai, aiutami, pensa a qualcosa. Torno subito».

Vado in bagno.

Torno e Mara sta bevendo il cocktail stucchevole.

Prendo fra le mani il bicchiere vuoto del mojito.

«Tu non stai bevendo niente».

«Non mi va».

«Hai pensato a cosa scrivergli?».

«Non lo avevo chiesto a te?».

«Dai, Moni, spara. Che hai pensato?».

«Che ho cambiato idea. Non gli scrivo niente».

Mara non usa più parole. Neanche io. Ce ne stiamo sedute sulle sdraio a guardare il lago nero della notte.

«Ma ora non lotta più?» mi chiede Mara.

«No, non frequenta più nessun ambiente. Bruciato. Annientato. Completamente disilluso. Spento definitivamente».

«A pensare com'era mi fa un'impressione. E noi che continuiamo che fine faremo?».

Mara non vuole risposte. Stiamo solo a guardare il lago nero. È l'ora di andare.

«Te ne vai senza salutare?» chiede Mara.

«A volte capita».

Lanciare parole come sampietrini

Rientro a casa e non ho pace. Metto l'acqua sul fuoco con l'intenzione di farmi una camomilla, ma poi vedo la moka e cambio idea. Apro il portatile e mentre aspetto di poter avere lo schermo bianco mi spoglio e mi infilo una maglia lunga fino alle cosce.

Non so da che parte cominciare.

La moka borbotta, mi verso il caffè e non lascio con gli occhi lo schermo. Mi ricordo del cd che mi hai regalato poco dopo la laurea e lo metto nel portatile. Mi infilo gli auricolari, alzo il volume e parte *The Sound of Silence*. Inclino la testa all'indietro appoggiando la schiena alla sedia.

Io non la so descrivere la nostra storia come fosse un film. Tu mi vedevi un po' come il personaggio di Dustin Hoffman dopo la laurea, dicevi che "dondolavo". Io ti amavo, ma stavo cercando di capire se amavo anche scrivere. Ma tu non volevi la laureata, tu volevi la tua dolce Moni. Ma non ero più quella soltanto.

Tu eri il Mioamore e lavoravi da anni come operaio metalmeccanico, giravi col furgone per andare a riparare macchinari e ruspe. Tu la testa ce l'avresti avuta per studiare, molto più di me, ma hai smesso per andare a lavorare, perché il sistema non funziona, perché studiare costa e poi l'università è un piazzale d'attesa, non come quello di asfalto rovente dove tu lavori d'estate. Aspettavi che finissi i miei studi per farci una vita insieme. Io non la capivo tanto questa cosa, perché la vita insieme la stavamo già facendo. Nelle nostre colline lontane da ogni città, nella tua auto con coperte, colla, volantini e bombolette, nei nostri prati o nei fiumi dove si faceva il bagno, nelle serate senza troppi ingredienti, niente mojito e vodka liscia.

Butto giù l'ultimo goccio di caffè rimasto nella tazzina.

Tolgo le cuffie.

Ho la nausea. Prendo l'acqua dal frigo. Bevo piccoli sorsi trattenendola in bocca prima di buttarla giù. Mi infilo i pantaloni del pigiama, ma non ho sonno. Prendo il portatile e mi distendo sul letto.

Guardo la sveglia. Sono le tre. Sarai rientrato in casa? Nella tua casa col mutuo dove ogni cosa gronda del tuo sudore?

Io il mutuo non potevo prenderlo. E questo mi allontanava da te e dai tuoi progetti per noi. A tuo dire pensavo solo a diventare giornalista. Invece pensavo che saresti stato un padre perfetto per i nostri figli. Ma non eravamo perfetti per noi.

Ricordo molto bene quel giorno. Era l'inverno dell'anno dopo il luglio di Genova. Avevo il cartellino al collo con scritto "Un altro mondo è possibile".

Mi chiamasti all'ora di pranzo.

«Ci hanno mandato a casa».

«Cos'è successo?».

«Sono arrivate le tute bianche e quel coglione».

«Cosa?».

«Sì, son venuti a fare una delle loro operazioni di boicottaggio».

«Lì in ditta da te?».

«E dove, scusa?».

«E che è successo?».

«Avevano striscioni e bombolette e quel coglione urlava

dal megafono che quelle ruspe sono utilizzate dagli israeliani contro i palestinesi...».

«E tu?».

«Lui dal megafono urlava che noi operai eravamo schiavi delle multinazionali, che dovevamo allontanarci dai macchinari e lasciarli fare».

«E tu ti sei allontanato?».

«Gli ho detto che stavo mettendo in sicurezza la ruspa, che sennò qualcuno si sarebbe fatto male, ma lui continuava a urlare roba sulla Palestina».

«E gli altri operai?».

«Si stavano allontanando dalle macchine e si guardavano intorno. Mi sono avvicinato mentre le tute bianche cominciavano a sporcare con le bombolette ovunque».

«Ti sei messo a discutere?».

«Gli ho detto che non volevo lezioni di storia e di ingiustizie da lui. Che ora le macchine erano spente e potevano fare quello che volevano. Tanto la multinazionale è assicurata e per ogni graffio ci avrebbero ripreso un sacco di soldi».

«E lui che ti ha detto?».

«Che dovevo stare dalla parte dei compagni, e lì non ci ho visto più».

«Non mi dire che hai fatto a botte».

«Ma per chi mi prendi? Io a quello manco lo voglio toccare. Gli ho detto che non si deve permettere di parlare a vanvera, che non sa le lotte che portiamo avanti qua dentro. Ogni giorno veniamo a sudarci il pane e lui non sa cosa significa».

«Calmati».

«Monica, avresti dovuto vedere la scena. Sono stato calmo, fin troppo calmo. Lui mi guardava come a dire "I soliti operai che non capiscono le grandi battaglie". Allora ho guardato i miei colleghi e poi lui che stava col megafono abbassato...».

«E che gli hai detto?».

«Che andavamo a toglierci le tute, che le nostre puzzano. Gli ho detto così: "Noi andiamo a toglierci le nostre tute puzzolenti. Non sai quanto vi invidiamo le vostre, bianche e profumate"».

«E siete andati negli spogliatoi?».

«Sì».

«Ora come stai?».

«Ma che domanda è?».

«Dai, non ti arrabbiare. Dove sei adesso?».

«Sto andando a casa».

«Perché non vieni da me?».

«Quel coglione e tutta la compagnia delle tute bianche stanno venendo al social forum e racconteranno la loro impresa eroica e rivoluzionaria che non cambia un cazzo».

«Ma qua non ci sono solo loro. C'è fermento, ci sono un sacco di conferenze, è pieno di gente da tutto il mondo. Poi vieni da me, si sta insieme, mi racconti».

«Perché non torni tu qui e si sta insieme? Io in quel covo di stronzi non ci vengo».

«Ma io qua c'ho da lavorare».

«Sono due giorni che stai fissa lì. Non ti basta?».

«Ma che dici?».

«Lì stanno solo a parlare, credi davvero che si cambi il mondo a quel modo?».

«Non cominciare. Non è colpa mia se non hai più voglia di lottare».

«La voglia di lottare? Ma come parli? Come quello stronzo?».

«No, lo sai come la penso».

«Tu parli bene, tanto sono io che mi faccio il culo».

Mi bloccai, stetti in silenzio, ma lui affondò.

«Ti stai imborghesendo, Monica».

«Io sto qua» dissi con un filo di voce.

«Fai come vuoi» e riattaccò.

Mi strappai il cartellino dal collo, lo strinsi più forte che potei nel pugno e quando riaprii la mano, prima di gettarlo nel cestino, lessi "possibile".

Mi alzo dal letto. Prendo la bottiglia d'acqua che ho lasciato sul tavolo e mi verso da bere. Vado in bagno, tiro lo sciacquone.

Vado alla libreria. So dov'è la scatola, dietro a *Il Capitale* di Marx, che tu avevi letto quando facevi le scuole medie e non seguivi l'ora di religione. Tu avevi letto più libri di me, tu sei sempre stato più preparato di me e ti eri impegnato politicamente molto prima di me. Io ero fiera di essere la tua compagna. Io ti amavo. E lo avrei detto a quel coglione che dicevi tu, lo avrei detto al mondo intero se tu mi avessi confessato che quel giorno ti sentivi male come negli altri giorni in cui ci ferivano, che mi volevi accanto, che ne avevi bisogno. Ce lo dovevamo dire che eravamo spaesati nell'impegno politico come nell'amore. Non ci dovevamo lanciare parole come sampietrini.

Alla manifestazione conclusiva del social forum tu non venisti. Anche in mezzo a quelle migliaia di persone, io mi sentii sola. Non c'eri più tu a tenere un lembo dello striscione. La città dei bottegai con le saracinesche chiuse non fu toccata e dalle finestre la gente salutava o scendeva a darci da bere. Dentro di me spaccavo vetrine. Non credevo più in un altro mondo, non credevo più in un altro amore.

Prendo la scatola e la apro.

Li tiro fuori uno a uno. La foca, il pinguino, la rana, il pavone… Mi facevi un origami ogni volta che volevi farmi sorridere. Me li lasciavi sui libri, sulla finestra, nella cassetta della posta. Che diresti se sapessi che li ho ancora? Che non butto via nulla?

Apro il file sul dossier.

Stampo la prima pagina. Eccolo il mio lavoro, carta e parole. Comincio a piegare e ripiegare. Io so fare solo la barchetta. La metto vicino alla tastiera con i tuoi animali.

Alla fine lo so che saresti orgoglioso di me e di questa inchiesta che sto portando avanti. C'è di mezzo il locale, il lago, il nostro *qua* che ci ha fatti, che ci ha cresciuti. So che ti avevo detto che se un giorno ci fossimo lasciati, io me ne sarei andata perché amo le città. Tu dicevi che mi facevo incantare dalle cose grandi e dalle storie che si raccontano sulle cose grandi. Invece sono rimasta, ma dopo questo lavoro me ne andrò. Non manca molto. Ti vorrei dire che non sai quanto ho sofferto a scrivere su *qua*, su volti e luoghi che conosco, a cavar fuori le cose che non vanno. E quanto l'ho amato, *qua*, forse non te lo immagini...

Mi risveglio che il sole filtra dalla finestra e abbraccio il portatile. Lo chiudo e lo metto sul tavolo assieme agli origami. La barchetta cade e la lascio sul pavimento. Tiro giù l'avvolgibile e mi butto sul letto. Quanto ti ho amato non te lo immagini.

Ti fai posto vicino a me e mi sussurri: *Lo immagino*. Ora dormi, Moni, dormi.

Nessun santo, nessun suonatore, nessun ballo

«Questa è Chicca, la mia amica fotografa».

«Bella, sei sposata? Hai figli?» le si avvicina Emma.

«No, signora».

Emma si fissa a guardarla.

«E in quella borsa cos'hai?».

Chicca poggia la borsa su un tavolino e apre la zip.

«Ha la macchina fotografica. Stasera è l'ultima festa estiva per i balli. Poi riprenderemo col corso in autunno. E ho invitato Chicca che ci farà un po' di foto, come vi ho spiegato qualche giorno fa. Eravate d'accordo, no?».

«Sì, però prima di metterle sul libro che state facendo le dobbiamo vedere» fa Carlo agitando il bastone.

«Certo» interviene Chicca «le sceglieremo insieme».

«Se non vi convincono non se ne fa nulla, se invece vi piacciono possiamo organizzare anche una mostra qua o in paese» faccio io.

«Pure a me con la sedia a rotelle?» chiede Filomena.

«Hai sempre ballato anche con quella, no, Mena?» chiedo.

«Sì, ma nelle foto dici che sta bene?».

«Ehi, ma io sono una professionista!» fa Chicca avvicinandosi a Filomena.

«Professionista sì, ma io un po' mi vergogno, ho anche i denti da rifare» bisbiglia Maria.

«Macché vergogna! E guarda che bocca ho io. E la gobba la vedi? Con la Monica ci siamo sempre divertiti. Che si balla stasera? Ci avevi parlato della taranta, delle pizziche, del morso del ragno» fa Iole sbirciando sul tavolo dove Chicca sta tirando fuori tutti i suoi aggeggi.

«I ragni? Dove sono i ragni? Io ho paura dei ragni. Dove sono i ragni?» Emma si agita.

«Non ci sono i ragni» interviene Aldo mentre prende per un braccio Emma e la fa sedere. «Sono balli tradizionali della Puglia. È come se si fosse pinzati dalle tarante, quei ragni belli grossi, e per mandar via il loro veleno dal sangue si balla e si chiede a San Paolo di essere salvati da questa sorta di follia, un malessere che ci è entrato nel corpo. Col ballo lo si butta fuori. Ma è come una sorta di leggenda che viene da un tempo lontano, dalla gente della terra del Sud. Ci studiò sopra anche un antropologo, De Martino. E dietro a quei balli si tirarono fuori tanti simboli, tante paure moderne che descrivevano bene la sofferenza dei braccianti. Però stasera i ragni non ci sono».

«Io ho paura dei ragni, io non voglio essere pinzata dai ragni». Emma si dondola sulla sedia. Fa così quando si agita. Si avvicina un'infermiera che le dà un bicchiere d'acqua e le dice che non ci sono i ragni. La fa alzare: «Andiamo un attimo dentro e poi torniamo, eh Emma?».

«Sì, sì, ma se non ci sono i ragni. Se non ci sono i ragni, i ragni». Chiude gli occhi per un attimo più lungo, poi ricomincia: «Sei bella. Sei sposata? Hai figli?».

«Vieni» dice l'infermiera mentre mi sorride. «Sì, Emma, l'hai anche vista mia figlia, ricordi?» e spariscono oltre il vetro del portone.

«Scusa, Monica, io cercavo di spiegarle» fa Aldo.

«Aldo, non preoccuparti. Non è semplice» dico mentre Chicca mi guarda con dolcezza.

Sono terrorizzata anch'io dai ragni.

Non avevamo scambiato molte parole che mi disse: «Prendi questo, ascolta». Quando partì il tamburello io mi sentii scuotere dentro. Ero sola nella mia stanza con il cd, ma lui era come se ci fosse. Le sue mani mi battevano sul cuore come sulla pelle del tamburo. Ero immobile, ma il mio cuore voleva come uscire, squarciarmi il petto e andare via. Non mi era mai successa una cosa simile. Mi spaventai. Spensi tutto. Chiusi gli occhi e cercai di respirare accarezzandomi il petto, ma nel silenzio il mio cuore continuava a tamburellare.

«È inutile spiegarle. Io non ho i denti, ma quella non c'è con la testa» fa Maria.

«Oh, i ragni sono ragni, ma a me fanno più paura i serpenti. Non li posso vedere» interviene Filomena.

«Ma che dite? C'è da aver paura più dei cristiani che degli altri animali» borbotta Carlo.

«Io la penso come lui» dice Chicca divertita.

Ti dissi che quella musica non mi piaceva, che mi faceva venire le palpitazioni, che non avevo mai avuto la tachicardia, che avevo preso paura. Avvicinasti la tua bocca alla mia e poi sentii un labbro stretto fra i tuoi denti. Sussurrasti: «Il morso della taranta», e poi ti mettesti a ridere. Quel fragore mi strinse il cuore. Portai la mano sul petto spaventata dal fatto che tutto potesse ricominciare. Ti dissi: «Io ho paura dei ragni». Tu diventasti serio e mi abbracciasti: «Non devi fare resistenza».

«Lo hanno detto anche al telegiornale che è la notte della taranta stasera, a Melpignano. Da un po' di anni si celebra questo festival che ha riscoperto musiche e balli del Salento» dice Aldo.

«Tu ne sai sempre una più del diavolo» fa Iole stizzita.

«Io sono curioso e mi informo, che c'entra il diavolo?» replica Aldo.

Tu non suonavi, tu non cantavi, neanche la ballavi la pizzica. Facevi il sindacalista, seguivi le trattative, firmavi contratti. Mi sembrava di vederti alle assemblee a mordere la penna e agitare le gambe sotto al tavolo in quel tuo tremolio fuori controllo. Tu eri la tua terra piantata di ulivi contorti e secolari. L'avevi nel sangue e nella faccia, non ti serviva celebrarla, ma difenderla. Io mi sentii invasa dal tuo *là*, dalle sue storie, e non avevo torri di avvistamento saracene. Sentivo la mia terra diventare rossa, arsa a ogni tuo sguardo. Cercavo di difendermi con le spine come un fico d'India, ma tu sapevi sbucciarmi e prenderne il succo.

«Stasera abbiamo anche i musicisti» fa Carlo indicando verso lo spiazzo fuori.

«Sì, Carlo. Roberto, Betti, Giuseppe e Antonio. Sono dei nostri amici. Ora si preparano e poi iniziamo, vero Monica?» fa Chicca mettendomi una mano sulla spalla.

«Sì» dico «cerchiamo di fare spazio per il ballo, togliamo le sedie».

Guardo le facce di questi vecchi. Mi sembrano eleganti come quelle che mi facesti notare a Ostuni. Facce di più paesi mischiati, di Grecia, Albania e altri impastati dall'acqua salata e dalla storia. Macchie scure sullo sfondo della città bianca.

Alla fine mi avevi convinta a partire con te. Mi sembrò il viaggio in aereo più lungo della mia vita. Pensavo che potesse cadere o che fosse invaso dai ragni, tanti, ovunque, sulle mie gambe, sulle braccia. Sussultavo ogni volta che appoggiavi la mano sulle mie. Le tue dita come zampe lunghe, sottili e terrorizzanti. Sentivo che mi portavi da te e dal tuo passato. Avevi scelto me per essere testimone di quello che eri e che sei. Pensai a un enorme utero fatto di sangue e contrazioni. Creavo allucinazioni continuamente.

Quando atterrammo a Brindisi percorremmo a piedi il piazzale circondato dall'esercito. Uomini in divisa militare con in braccio mitra all'altezza del mio petto. Era da pochi giorni che gli Usa bombardavano l'Iraq e io mi trovavo nel pezzo di terra più a oriente dell'Italia. Iniziava la guerra preventiva al terrorismo. Ti strinsi, tu capisti il mio disagio fra le armi e mi copristi la spalla con un lembo del tuo giubbino anche se non faceva freddo. Pensai ai racconti di mia nonna sulla guerra: quando correvano nel rifugio e sentivano i bombardamenti si mettevano il giacchetto sulla testa «come uno scudo». La nonna lo racconta con le mani davanti agli occhi come si vergognasse e aggiunge: «La paura. Quanta stupidità si porta dietro».

Non vedevo l'ora di risalire con il taxi verso il seno di calce bianca, di essere a casa tua a cucinare le orecchiette con la ricotta fresca, a guardare la distesa di ulivi, a girare nei vicoli stretti, ad ammirare la vetrina del negozio di ocarine, a mangiare la focaccia con le olive e le cipolle, a viaggiare lungo la costa per mettere i piedi nelle tue sabbie e lingue di mare, a passare sotto gli archi di luci lasciati dall'ultima festa paesana.

«Inietteranno veleno con le loro bombe intelligenti» ti dissi. «Sono come delle tarante moderne. Tutti impazziranno dalle nuove paure che ci metteranno nel sangue». Tu mi guardasti con una profonda tristezza, ma io non mi fermai: «Non ci salverà nessun santo, nessun suonatore, nessun ballo».

Tu mi baciasti con una forza impetuosa, quasi a ripulire la mia saliva avvelenata. Sputo rabbia a casaccio molte volte. Io sono morsa dentro, avrei voluto dirti, e non ti azzardare a curarmi.

«Monica?».

«Che?».

«Ti sei incantata?».

«Eh? Oh, scusami Chicca».

«Spazio ne abbiamo fatto, che dici, iniziamo?».

«Di' a Roberto e alla Betti che comincino loro a spiegare».

«Ma che hai? Ti senti male?».

«No, ho solo bisogno di fare due passi e fumarmi una sigaretta. Robi!» sbraito con le mani verso la pista. «Vado a fare una telefonata, voi cominciate pure a spiegare il ballo, i passi, gli strumenti e arrivo».

Prendo la borsa da terra.

Chicca segue i miei movimenti con gli occhi.

«Non ci metterò molto. Tu non ti perdere neanche un momento da fotografare».

«Sì, Moni, ma hai un viso bianco».

«Vedrai che con la pizzica riprendo colore».

«Che pensieri ti sono venuti fuori?».

«Ragni, fili, sputi».

«È arrivato il momento, eh?».

«Mi rilasso e torno. È che mi sembra mi pizzichino le mani».

«Vorresti scrivere?».

«Se iniziassi ora non finirei più e addio serata. Che hai da ridere?».

«Se ti mordesse la taranta, altro che balli, le conficcheresti una bella stilo nel groppone».

«Che schifo».

«Muoviti, dai, che poi c'è da ballare».

Tiro fuori dalle tasche le castagnole. Infilo le corde alle dita. Le porto all'altezza delle orecchie e le faccio battere sui palmi. Chicca mi imita a mani vuote mentre si allontana.

La tua terra mi è entrata dentro, sai, pur tenendo stretto il fazzoletto per non cedere al tuo corteggiamento. Non era una città, forse mi somigliava troppo. A essere terre, siamo soggette agli smottamenti, alle invasioni dal mare o alle frane dai monti. Pochi cartelli stradali e nomi di località, posti che stanno solo in bocca ai vecchi e non sulle carte, non aiutano a decidere le strade.

Ci sono tornata in Puglia d'estate, quando le nostre terre si erano allontanate come i lembi in uno squarcio dopo un terremoto. E lì ho ballato nelle sagre e ho visto la danza delle spade fra gli uomini. Mi sembrava di vederti in quelle mani in aria che imitavano la lama. È così che si dovrebbe proteggere l'amore? Com'è che non ci riusciamo?

Un ragazzo mentre ballavo mi si è avvicinato e mi ha chiesto di dove ero. Quando gliel'ho detto mi ha guardato come fossi una Madonna e mi ha detto: «Non sembra, hai l'odore di una donna del Sud». Quell'odore, avrei dovuto spiegargli, me lo hai tirato fuori tu, Mioamore, e invece gli risposi: «Sai, anche dalle nostre parti ci sono i ragni, forse sono malata da quel morso. La mignatta».

«La mignatta?».

«Malmignatta è il nome corretto, ma in pochi la conoscono. Ha delle macchie rosse. C'è chi dice che è quello il vero ragno di cui aver paura per perdere la testa e non la tarantola. Non so come si cura. Forse non è mai esistito un rimedio. Pensa che mignatta da noi si usa per indicare una puttana».

Una goccia di sudore mi scese dal collo fino all'incrocio dei seni. Quel ragazzo la guardò scomparire assorbita dal cotone.

Mi diede un santino di San Paolo, si fece il segno della croce e scomparì dietro i suonatori. Io ripiegai quella carta, che mi ricordava le figurine che si trovavano nei fustini del detersivo, fino a farla diventare un francobollo e me la misi fra i seni. Non ci salverà nessun santo, nessun suonatore, nessun ballo.

Inizia. È partito il tamburello.

Il mio cuore non va più a mille, ho tutto il corpo che vibra.

Mi avvicino facendo grossi respiri.

Chicca sta ai margini della pista.

Filomena alza le braccia al cielo mentre Maria muove le

ruote della carrozzina per farla girare. Carlo fa i passi intorno a Iole che imbarazzata gira su se stessa.

Aldo mi si avvicina e mi fa vedere se ha capito bene i passi.

«Sì, Aldo, vai libero».

«È proprio un ballo da corteggiamento. Guarda Carlo come si dà da fare».

«Sì, ma la dama non si tocca mai, ricordalo. È un gioco di sguardi».

«Ma lo sai, Monica, che bastano novanta secondi per innamorarsi?».

«Che?».

«Uno sguardo e l'amigdala parla ai nervi e si attiva la dopamina, solo novanta secondi».

Lo vedo scomparire fra gli altri. Guardo piedi e braccia che si muovono, piano ma costanti.

In un attimo vedo Emma uscire dalla vetrata. Si guarda intorno divertita, mi nota, mi chiama: «Monica».

Mi avvicino a lei iniziando a ballare con piccoli passi.

Lei comincia a girare su se stessa piano piano guardando i miei piedi. Mentre si volta la sento ripetere: «Non ci sono i ragni, non ci sono i ragni, non ci sono».

«No, Emma, non ci sono i ragni». Le lancio il mio fazzoletto, lei lo prende e lo mette davanti agli occhi. Il tamburello si fa sempre più fitto, Roberto fa agitare il suo violino, Betti canta. Emma sta al centro del cerchio fra suonatori e spettatori. Tiene in bocca il fazzoletto, lo morde con gusto, ride e non ha sguardi per nessuno. Batto le castagnole sui palmi delle mani. Nessun santo, nessun suonatore, nessun ballo, ma donne e uomini continuano a provarci. Tarante e mignatte, provaci, Emma, mandale via.

Scritta sulla polvere

Tiro fuori una castagnola dalla tasca.

«Annusa».

Chiudi gli occhi e tiri su con il naso.

«È ulivo» ti spiego mentre la rimetto in tasca e tiro su la zip della felpa.

«Cos'era?».

«Un altro ingrediente, ma solo da odorare».

«Una nacchera?».

«Una castagnola, viene dalla Puglia. La nacchera è più schiacciata ed è spagnola».

«Fa freddo stasera, eh?».

«Sì, sta finendo l'estate».

«Ti preoccupa?».

«Ho un lavoro da consegnare a fine mese».

Mi avvicini la tua mano al collo. Mi fai una carezza dall'orecchio fino all'attaccatura con la spalla. Hai la mano bagnata.

Ti guardo dritto negli occhi. «L'ultimo cocktail che mi hai fatto non mi è piaciuto».

Ritiri la mano dietro il bancone.

«Potevi dirmelo, cos'era?».

«Era rosa, di sicuro c'era lo sciroppo alla fragola. Poi non so, ma era troppo dolce».

«Ma perché non sei tornata a dirmelo? Te ne facevo un altro».

«Lo ha bevuto la mia amica».

Ti sporgi sul bancone.

Mi baci tra la bocca e l'attaccatura della guancia. Dici qualcosa sui baci dati in quel punto, ma non capisco. Dannata musica ad alto volume.

Mi allontano dal bancone. Vado verso gli ombrelloni. Faccio cenno col capo alle altre ragazze che mi avvicino al lago. Chicca e Pix muovono i loro pollici verso la bocca come a dire che vanno a bere. Ale e Lina vedo che stanno ballando.

Mi tolgo le scarpe lasciandole sui ciottoli e infilo i piedi nel lago. Chicca da qualche giorno ripete «Domani è inverno». Potrebbe essere l'ultima volta per quest'estate che metto i piedi nell'acqua. Il bancone visto da qua è solo teste e bicchieri, non si vede neanche il verde menta.

Pix mi fa un fischio: «Ma sei impazzita? Che fai lì? Sali su che stiamo guardando le foto delle vacanze! Muoviti».

Mi rimetto calzini e scarpe. Sono di fianco al bancone dove hanno appoggiato i loro cocktail e sfogliano l'album stando in piedi.

Mi appoggio anch'io.

«Che hai?» mi chiede la Ale.

«Sono stanca» rispondo.

«Sta lavorando duro in quest'ultimo periodo. Anche la notte, vero?» fa Chicca.

«Già, ormai manca poco su questa faccenda del bancone».

«Il supplemento?» chiede Lina.

«Altre cose, un po' pesanti» rispondo.

Sento una mano sulla mia. La stringi. Sei tu che hai strisciato fra altre mani e sei arrivato alla mia.

Finisce la serata e andiamo verso il parcheggio. Pix si volta e mi dice: «L'ho visto, eh, quando ti ha stretto la mano, e ho visto anche che faccia ha fatto. Da uno che ci prova sicuro».

«Ti rendi conto che muoio per uno che mi stringe una mano e in tutti questi mesi non mi ha mai invitato a uscire con lui?».

«Manca poco, ormai. Fra un po' il Cavalletta ha finito la stagione, si capirà questo che vuole da te?» fa la Ale.

Si capirà di sicuro altro, Ale, sul nostro caro *qua*.

«Moni, guarda! Quella là è la sua macchina». Lina mi indica un'auto che pare, da sotto la polvere, verde acqua metallizzata.

«Ma come fai a saperlo?».

«Fidati, l'ho visto arrivare con quella un giorno».

«Ma quando eravamo a cena con gli amici sardi e venni via non aveva questa...».

«Guidava lui?».

«No, hai ragione».

«Vedi? Quindi è questa».

«Ma alla fine chi se ne frega della sua auto» interviene la Ale.

«Come?» fa la Lina. «Se si mette male saprà come vendicarsi».

Chicca e Pix ridono.

Però mi viene un'idea e vado verso l'auto.

«Ora che fai?» chiede la Ale.

Metto l'indice davanti alla bocca e poi sul vetro posteriore.

Ritorno dalle ragazze.

«Che ci hai scritto?» chiede la Pix.

«"Novanta secondi"» rispondo.

«Che vuol dire?» chiede la Ale.

«Lo abbiamo imparato alla casa di riposo, da Aldo» fa Chicca divertita.

«Il tempo che ci si mette per innamorarsi, la reazione chimica» faccio io.

«È come un indovinello» fa la Lina.

«Diabolica Monica» sorride la Pix.

La Ale ci guarda tutte. «Ma "Lavala stronzo" non era meglio?».

Nostro grande qua

Bingo mi guarda da dietro la scrivania seduto sulla sua poltrona di pelle con i braccioli. Prende un lapis dal portapenne e lo batte sul plico di carta che gli avevo lasciato in ufficio cinque giorni prima.

Sembra la scena trash di un telefilm americano degli anni Ottanta.

«L'ho letto».

Abbasso la testa.

«Hai fatto un ottimo lavoro».

Cerca una mia reazione sul volto, ma non la trova. Quelle pagine mi fanno un male cane. Il mio dolore se ne sta immobile come una statua.

Stacca i gomiti dalla poltrona e li poggia sulla scrivania. Si avvicina ai miei occhi.

«Ma noi che ce ne facciamo?».

«Come?».

«Qua si alza un polverone».

«Lo so».

«Parliamoci francamente. È un lavoro egregio e ti verrà pagato, ma non so se lo pubblicheremo».

«Non ci posso credere».

«Monica, qua ci sono coinvolti amministratori, politici, un'intera classe dirigente, e li accusiamo di abusi di ufficio, bandi di gara truccati come quello per la gestione del Cavalletta, ditte edili che si spartiscono terreni, acque non depurate dai lavori delle grandi opere che vanno negli affluenti del lago, aree di deposito che sono discariche e invece le chiamano di "ripristino ambientale"...».

«Le hai viste le foto?».

«Le ho viste, sì».

«Allora perché non pubblichiamo?».

«Qua sembra che tutti...».

«Facciano ciò che non dovrebbero fare?».

«Appunto».

«Ma non è che sembra, è così».

«Non è opportuno. Noi siamo giornalisti, non ci possiamo sostituire...».

«Giusto, non siamo magistrati. Noi non giudichiamo. Noi facciamo informazione. E queste cose non si sanno. Ma se si sanno, qualcuno dovrà muoversi. Neanche mi interessa più di tanto la giustizia, mi rivolgo ai cittadini, a chi ha creduto che certa gente lavorasse per il bene comune. Anche tu dubitavi ci fosse qualcosa che non andava. Le prime carte me le hai date tu, i primi appostamenti nei cantieri o intorno al lago li abbiamo fatti insieme».

«Monica...».

«No, aspetta. Il peggio non è dietro a quel bancone, ma è quello che stanno facendo alla terra, ai fiumi. Poi, che dietro al Cavalletta ci sono scambi di favori fra politici e costruttori, ma chi me lo ha detto?».

«Io, Monica, io» mi guardi serio. «Ma qua cose del genere non si sono mai viste, non siamo abituati a certi scandali. Qua si è sempre governato bene».

«Ti sei scordato da dove vengo? Mi hai solo messo alla prova?».

«Fammi spiegare, è una preoccupazione che riguarda la questione culturale nel complesso. Tu non fai una cronaca, un elenco di cose che non vanno. Tu qua hai fatto un'analisi di tutte le reti di relazioni malate e clientelari. Hai tirato fuori le contraddizioni e poni dubbi sull'intero sistema sociale locale».

«Fin qui mi hai spiegato che è un buon lavoro, ma perché lo scandalo?».

«Hai descritto una subcultura rossa alla fase terminale. È come dire alla gente che sta per arrivare il diluvio universale dove non è mai piovuto. O non ti credono o si crea il panico».

«Non ho mai pensato di fare la giornalista per fare il profeta o per creare il panico. Non si tratta di sconvolgere, ma di coinvolgere. Se qua siamo alla fase terminale è perché per anni si è fatto finta di nulla. Va tutto bene nel *nostro grande qua*».

Mi alzo dalla sedia, ti chiedo il permesso per aprire la finestra, accendo una sigaretta, butto il fumo fuori.

«Monica, tu ci vivi, è una realtà piccola...».

«Una realtà piccola che è coinvolta in cose grandi. Si espande, mica si ferma al mio *qua*. Certo, bisogna fare in modo che quello che pubblichiamo rappresenti uno strumento per capire, ci possiamo lavorare ancora. Se serve solo a querelarmi, sai che soddisfazione! Comunque da là me ne vado, che tu lo pubblichi o meno. Ho già deciso».

Mi guardi aspettando un chiarimento.

«È una questione privata».

Accendi una sigaretta. Io la spengo.

«Non si può fare di testa propria. Facciamolo leggere all'avvocato e sentiamo che ci dice».

Sorrido mentre tocco la costola che rilega i fogli.

«Te l'ho detto, non lo trovo opportuno. Non ti prometto niente».

«Ma almeno ci proviamo» mi alzo per andare verso la porta. «Mi chiami quando hai notizie?».

«Certo, ma dimmi una cosa, Monica».

«Ah, aspetta» frugo nella borsa. Tiro fuori un dvd. «Tieni. Se ti va di riguardarlo. Mi ha fatto compagnia in tutti questi mesi, ci tengo, trattamelo bene. Me lo rendi quando decidi».

Bingo stringe *Le mani sulla città*. Mi avvio di nuovo verso la porta. La sua voce mi blocca.

«Te ne vai davvero?».

«Sì. Vengo qua in città, così ci metto un attimo a venire al lavoro» dico con un filo di voce.

«Ma se questa città non ti è mai piaciuta» dice lui girandosi sulla sedia.

Mi torna alla gola tutta la voce nitida che ho: «Non sempre si decide di fare cose che ci piacciono».

Fine stagione

Al Cavalletta c'è gente ovunque, il pienone delle grandi occasioni.

Lui lo intravedo appena, sommerso dalla folla. È vestito elegante con camicia e giacca. Vito mi dice all'orecchio: «Tesoro, è proprio un piacere guardarlo preparare i cocktail. L'è un gran pezzo di maschio».

Mi vede, mi fa un sorriso. La gente intorno diventa vortice, mi pestano i piedi, mi muovo a fatica. Guardo gli altri, le amiche e gli amici di *qua* e urlo per farmi sentire oltre la musica assordante: «Non ce la faccio più a stare qua». Tutti condividono e torniamo al parcheggio.

Andiamo a una festa in una vecchia casa in campagna. C'è il fuoco acceso nel giardino, le lucine di natale sugli alberi, la musica che piace a noi. A preparare da bere ragazzi e ragazze che si danno il cambio anche per godersi la festa. Il bancone è un insieme di tavolini legati con del nastro adesivo sotto un gazebo colorato e i cocktail costano due euro, giusto per fare pari con le spese.

C'è la mia gente. Nessuno mi pesta i piedi. Mi sento a casa, nel mio piccolo *qua* che riesco a salvare.

Ballerò fino al mattino e ci penserò solo nel pomeriggio quando mi sveglio che il Cavalletta festeggiava la fine della stagione e che Bancone non lo rivedrò più.

Tutta mia la città, un deserto che conosco

Facciamo fatica a trovare un buco di parcheggio. Tutto il mio *qua* è qui, concentrato. Entro con un certo disagio. Lo so che ci saranno proprio tutti. Li ho già visti al bar dove mi sono presa un caffè e un Montenegro, dove la Ale mi ha detto: «Andiamo al Quattrosalti stasera», e io avevo chiesto: «Non c'è alternativa?», e lei: «Fai uno sforzo, dai, stasera sono tutti lì».

Come se lo sentisse che inizierà l'inverno e io mi trasferirò. Basta esserci stasera, agli amici d'infanzia non si possono fare tanti giri di parole, e poi non credono agli addii. Pensano al paese come a un'enorme calamita e chi è fatto di metallo tornerà, non c'è verso. Per loro io sono una lastra di ferro.

Musica da ballo latino-americano. Tutto intorno vedo volti conosciuti. Sorrido, saluto. Mi metto vicino a un muretto con le piastrelle piccole e blu che sembrano il bordo di una piscina e intorno ci sono delle palle luminose, blu pure loro. Io scherzo toccandole come fossero sfere di cristallo per vedere il futuro e la Ale davanti a me ride. Poi improvvisamente metto a fuoco oltre la luce blu, verso il bancone.

C'è lui. Dietro un altro bancone, ma è proprio lui. È a servire. Ma che ci fa qui? Non è possibile. Lo indico alla Ale. Lo vede anche lei, non sto vaneggiando.

Andiamo verso il bancone. Mi sento un macigno in testa. Si prende da bere, ma lui non mi vede. Si ritorna verso il muretto piastrellato, dove sono arrivati proprio tutti: Lina, Pix, Vito, Isa, pure Mara e Tania che le ha trascinate Chicca per farmi una sorpresa.

«Non mi ha visto».

«No, ma tu potevi anche chiamarlo» fa la Ale.

«Ce l'hai una penna?».

«Sì, se aspetti che frugo in borsa» dice Lina.

«Un foglietto dovrei avercelo».

Mi appoggio sulle piastrelle.

Un tipo mi si avvicina: «Non importa che mi scrivi». Questo ora che vuole? «Anzi, se vuoi te lo do io il numero di telefono». Mi sposto mentre Ale e Pix fanno brutti versi per mandarlo via. Poi intravedo Vito che se lo porta via sottobraccio.

Scrivo: *Cambiano i banconi, ma non cambiano gli ingredienti. Quando l'amigdala parla ai nervi si attiva la dopamina. Novanta secondi bastano per innamorarsi. Ma forse ci vuole più tempo per trovare il nome azzeccato per un cocktail o il titolo di una storia.*

La Pix mi trascina al bancone proprio di fronte a lui e chiede: «Un mojito speciale». Lui alza gli occhi e mi vede.

«Per lei?».

Sei colpito, ma subito capisci. Mi dai la tua mano, ti lascio il biglietto. Tiro un sospiro di sollievo.

Con la Chicca proviamo a fare due passi di baciata, provo a insegnargliela per quel poco e male che so. Andiamo lungo i bordi della pista a vedere la gente ballare.

Lo vedo fuori dal bancone. Si sta fumando una sigaretta e ha in mano un cocktail. È dove eravamo noi, nell'angolo, fra le palle di vetro blu. Si gira intorno. Mi sta cercando.

La Ale mi dà una botta sulla spalla: «Muoviti, bella. Quello cerca te».

La gente da oltrepassare è una rete dove a ogni passo rimango imbrigliata. All'ultimo vedo una mano che si allunga e prende la mia liberandomi dal groviglio di braccia, gambe e occhi.

«Ce l'hai fatta».

Lui si appoggia al muretto con le piastrelle blu. Io di fianco, all'angolo.

«Ma che ore sono?» chiedi.

Scavo nella borsa alla ricerca del cellulare. Non so che ore sono. Questa serata mi sembra durare una vita fra tutte le chiacchiere su quei gradini del bar. Dopo una giornata di lavoro in giro, la coda sulla provinciale perché l'autostrada era bloccata. Sono distrutta, ma esco uguale. Gli sbadigli, ma poi la doccia. La Ale che mi guida verso il Quattrosalti che stasera ci si rivede tutti, ma proprio tutti. Pure tu.

«Neanche tu hai l'orologio».

Mi prendi il polso e ora penso che sentirai il battito come quando si misura la febbre e mi scoprirai.

«Sono le due» leggo sul display del cellulare.

«Praticamente non so più da quante ore lavoro. Da mezzogiorno alle otto in un locale in città e poi qua».

Ti guardo e tu continui.

«Lo faccio per aiutare lui» rivolgi la testa verso un altro ragazzo dietro al bancone.

Passano Isa, Mara, Tania e Lina, ma vanno ad aggiungersi a tutto il resto che diventa un quadro sfumato. Della gente c'è solo l'idea, una pennellata.

«Non c'eri alla chiusura del Cavalletta».

«Sì, ma pochi minuti, poi me ne sono andata a una festa che mi somigliava di più».

Metti una mano in tasca, nell'altra tieni il bicchiere.

«Non ho ancora letto il tuo biglietto».

Io guardo le palle luminose che mi stordiscono un po'.

«Posso leggerlo qui o devo allontanarmi?» cerchi di riprenderti il mio sguardo, ma il blu delle lampade mi ha stregato.

«Fai pure».

Sto solo aspettando una fine, anzi no, che mi importa di come va a finire?

Ridi. «Sei stata tu quindi a scrivere sulla mia macchina».

«Sì, sotto suggerimento di un mio amico novantenne».

«Sempre lui...».

«Ti spiegavo cos'era successo a me, una reazione chimica».

«E io non ho avuto mai tempo per vederti, ma non devi arrabbiarti».

«Smettila di dirmi così. Non mi sono mai arrabbiata».

Hai la camicia a righe che mi piace, sono distratta da te, non riesco a parlare e poi mi scappa la pipì, ma non mi muovo da qua.

«E quando è capitato questo?» indica il biglietto.

Ti dico della prima volta che sono venuta al Cavalletta con mio fratello Vanni e la Rina, quella domenica di maggio, più di tre mesi fa. Sai chi è mio fratello e sai anche della sua ragazza. Sai delle mie amiche, sai i loro nomi.

«Ma come fai?».

«Dietro un bancone si osserva e si ascolta molto».

«Comincio a capirlo».

«Quel giorno giocavi al tavolo con un bambino piccolo, vero?».

«Sì». Ti guardo stupita. «Mi avevi notata?».

«Certo. Avevi l'aria di una che non aveva niente a che fare con quel posto. Eri scocciata eppure resistevi. Non sembravi comunque una capitata lì per caso o che si stava semplicemente annoiando. Sbaglio?».

«No».

«Tu com'è che hai notato me?».

«Tu?». Ora non vedo te. Vedo me che con quel posto non avevo niente a che fare, se non il mio lavoro. Ora vedo l'inchiesta con le correzioni, il sudore fra le mani, Bingo che mi dice: «Sì, Monica, entro un paio di mesi si pubblica». Io che mi riprendo il dvd *Le mani sulla città* e Bingo che mi dice che non se lo ricordava così bello, quel film polveroso.

«Non vuoi dirmelo?».

«Tu eri calmo, non avevi mai fretta, i tuoi gesti erano sempre precisi. E dietro al bancone tu non facevi distinzioni fra una persona e un'altra. Questo mi ha colpito».

Passano in tanti vicino a noi. Sguardi indiscreti, compiacenti, sorpresi.

«Il paese ci guarda» dico.

«Il paese ti vuole bene».

«Lo so, me ne vado anche per questo».

«Dove vai?».

«Via da *qua*».

«Tu dovresti andare in una città. A Roma ti vedrei bene».

«Non sei il primo che me lo dice. Pensate tutti che abbia bisogno di cose grandi». Chino il capo da una parte come una bambola a cui è stato rotto il collo.

«Non stai scrivendo di città, ingredienti, amori?».

«Sì. Ho raccolto un sacco di materiale. Sono contenta, sta venendo bene».

«Quando lo potrò leggere?».

«A San Valentino. Uscirà come allegato».

«Ah, davvero?».

Tu ancora non mi credi.

Sorseggio il mio mojito. Vedo due bottoni sganciati della tua camicia, ti osservo il collo. Non ti avevo mai guardato così tanto e fuori dalla pedana i tuoi occhi non sono così irraggiungibili.

«Sei una donna affascinante, proprio interessante».

Mi scappa da ridere.

«Che ridi?».

«Talmente irresistibile da non trovare un minuto per me fuori da quel bancone. Sai cosa ero arrivata a pensare? Che là dietro vi eravate messi d'accordo per prendermi in giro».

«Hai fantasia».

«Loro non mi piacciono» dico.

«Questo non lo hai mai nascosto. Anche se non ho capito fino in fondo i motivi».

«Forse più in là lo capirai».

Prendi una sigaretta, l'accendi. Me ne offri una, la sfilo dal pacchetto, me l'accendi.

«Mi sei interessata subito, ma...» ti interrompi. Vedo che sbatti le palpebre come se dovessi mettere a fuoco.

«A cosa pensi?» chiedo.

«Mi passa tutto davanti. Tutta questa estate» dici.

«Dillo a me. Un'estate ad aspettare te» sorrido in pace.

«È che avevo il cuore malato».

Cuore malato. Faccio solo un respiro più profondo.

«Lei stava su un filo e vacillava come un'equilibrista. E io l'ho seguita su questo filo, ma nel momento in cui le ho detto cosa provavo, tutto è crollato e ci sono stato male».

Mi parli molto di lei, di come ti sentivi vicino a lei. Usi metafore, belle immagini, altri ingredienti. Mescoli le parole e hanno un buon sapore.

«Forse le vuoi ancora bene» te lo dico con una dolcezza che mi esce incontrollata.

Passa la Ale. Mi guarda facendomi segno che lei se ne andrebbe. Le faccio capire di aspettare. Ora so, posso anche andarmene, ma tu hai voglia di dirmi ancora qualcosa.

Muoviti, per favore, che la mia vescica rischia di schiantare.

«Al bancone mi sono innamorato, e quando voi due parlavate...».

«No, aspetta, voi due chi? Chi è?».

«È Silvia».

Silvia che mi sorride complice, che mi regala le sue vignette, che serve cocktail con lui dietro al bancone verde menta, che ha disegnato il logo del locale. Mi sale un brivido. Di nuovo apro la bocca senza pensare a quello che esce fuori: «Come hai fatto a stare lì?».

Mi guardi pacato. Anch'io sento una calma che mi spaventa.

«Abbiamo risolto. E poi proprio tu me lo chiedi come si fa a stare a quel bancone?».

Mi stacco dalle piastrelle per vedere se sto in piedi da sola.

«Potevi dirmelo prima».

Forse farfugli qualcosa. Io adesso voglio solo andarmene.

Non so più che faccia fai. Non so più dove sono io. Solo il mio corpo è lì. È facile prendere un corpo vuoto. Non reagisce. Lo baci e poi lo stringi forte. Ritorno in me proprio nell'istante in cui stringi. Lasciami andare. So solo dire: «Buona fortuna e buonanotte».

Appena mi allontano la Ale mi tira per un braccio.

«Ma cosa vi siete detti in tutto questo tempo?».

«Ale, devo fare la pipì, sto morendo».

Proviamo a farci largo fra la gente. Gli amici sono tutti andati via. «No, Ale, non posso arrivare al bagno, me la faccio addosso prima. Usciamo, andiamo al parcheggio».

Arriviamo all'auto della Ale. Mi nascondo fra una ruota e una recinzione che rimane al buio e faccio una pisciata infinita, mentre dal Quattrosalti si sente una canzone che la Ale canticchia mettendo in moto: «*Tutta mia la città, un deserto che conosco, tutta mia la città, questa notte un uomo piangerà*...».

Provo a raccontare qualcosa alla Ale durante il breve tragitto.

«Non è possibile» scuote la testa la Ale.

«È andata proprio così, e sai qual è la cosa strana?».

«Cosa?».

«Non sento neanche un filo di rabbia».

«Perché almeno questa storia è finita».

«Sì, forse è quello».

«Monica, vai a letto».

«Prima mi metto a scrivere».

«Io dormirei, fra un po' fa giorno».

Per un po' stiamo in silenzio. Arriviamo davanti alla porta.

«Ale, ti ricordi *Giochi senza frontiere*?».

«Sì, certo. Ma che ti viene in mente adesso?».

«Le nostre estati da bambine. Quando c'era *Giochi senza frontiere* alla tv e a volte lo guardavamo a casa dei tuoi e a volte da mia nonna».

«Che risate ci siamo fatte. Quei costumi colorati, le corse sul divano quando partiva la sigla. Oddio, come faceva la sigla?».

«C'era uno speciale in tv sui presentatori, sugli arbitri. Ho scoperto che quel programma di educazione all'Europa lo facevano da trent'anni e noi siamo stati l'ultima generazione. Ho rivisto dei filmati e a guardarli ora non fanno ridere, non entusiasmano come allora, sembrano lenti e vecchi. Però se penso alla sigla, a noi su quel divano, io mi sento abbracciare da una cosa che è stata grande».

«Hai ragione. Credo che abbia a che fare con la cosa che dicevi qualche sera fa. Siamo un po' malate di nostalgia».

«Credi sia grave?».

«No. A me piace così. Se ci dispiace che finisce qualcosa, vuol dire che siamo state bene».

Sto in silenzio. Ale pure. Poi mi dice: «*Giochi senza frontiere*, guarda con che pensiero mi mandi a letto».

«Ale, me ne vado da qua. Vado a stare in città».

Lei accosta la macchina in silenzio. Poi mi guarda come una che l'ha combinata grossa.

«Sospettavo che tenevi qualcosa per te. È un po' di tempo che sei così vaga».

«Mi dispiace, è che…».

«Non sono arrabbiata».

«Non sembri neanche sorpresa».

«Moni, tu puoi andare ovunque, ma tu *qua* vuoi bene a tutto. Tu sei la più nostalgica di tutti. Te ne vai e lo capisco. Ma tu *qua* non lo molli, non ci molli, ce l'hai dentro. Non mi sorprende, è vero, e non mi spaventa. Poi non lo so, forse non è l'ora giusta per fare discorsi seri».

«Vado a scrivere».

«Vai a dormire».

«Notte, Ale, e grazie».

«Di che?».

Entro. Cerco il portatile. Trovo un biglietto sul tavolo.

Te lo riportiamo domani, come promesso. Noi andiamo a sognare. Vanni e Rina.

Me ne ero dimenticata, del loro pc fuori uso, del viaggio da guardare su internet, di Cuba, dei loro sogni.

La gente vuol sognare.

Ora sogno anch'io.

Scriverò domani.

Lavagna, bicchieri e orologio

Fuori fa un freddo birbone, come direbbe mia nonna. Il maglione in pile che ho addosso non mi protegge del tutto dai brividi. Tengo in mano una tazza di tè caldo e guardo fuori dalla finestra. Qua l'orizzonte è nuovo, mi incuriosiscono i profili dei tetti. Penso al ragazzo di Tania che fa il falegname, al modello di legno di questa città in scala uno a mille a cui sta lavorando, a ogni palazzo che è un pezzettino di pochi millimetri. Mi ha detto: «Metto le mani sulla città» e abbiamo riso insieme. Mi ha parlato del legno di pero per i palazzi storici, quelli costruiti prima del Settecento, per distinguere il centro storico dal resto. Penso alla dolcezza dei suoi occhi quando diceva delle altezze di ogni pezzo, che se guardi di profilo il modellino puoi pensare di volare sopra la città come un uccello. Io ci provo da qua, da questa finestra ancora senza tende, e sorrido al pensiero che mi ha messo in testa lui, complice Tania, che dopo che avrò visto il modellino e sentito l'odore del legno vorrò un po' più di bene a questa città.

Suona il telefono.

«Oh, senti chi c'è! Buongiorno».

«Come stai, Monica?».

«Ho ancora la febbre».

«Ma il trasloco lo hai finito?».

«Giusto in tempo per ammalarmi».

«Lo hai letto?».

Sposto da uno scatolone il quotidiano aperto. Rileggo un rigo. "Cavalletta chiuso per indagini di corruzione".

«Sì, l'ho visto».

«Ha già fatto il suo effetto, sei contenta?».

"Tutto è iniziato grazie all'inchiesta che ha fatto tremare il nostro territorio scritta da una giovane giornalista, Monica Baldi...".

«Contenta?» chiedo.

«Dovresti essere soddisfatta».

«C'è tanto da lavorare e io sto male proprio adesso».

«Riposati e tornerai presto in forma. Qua a lavoro ce la caviamo».

«Lo so che ve la cavate, ma tra le ferie per il trasloco, poi l'influenza, io ho voglia di tornare a scrivere».

«Su cosa?».

«Ma non vedi che sta succedendo? A Barcellona sgomberano per via della TAV e poi manca l'acqua. I condannati a Genova per il processo dei venticinque, le periferie che prendono fuoco di nuovo in tante altre città oltre Marsiglia, a Torino che si muore bruciati sul lavoro, devo continuare?».

«Le tue città».

«I miei temi, no?».

«Non perdi occasione per far polemica».

«No, per niente. È necessario trovare altri rosi malati».

«Rosi malati?».

«Hai mai visto certi vigneti? In cima ai filari ci stanno le rose. Sai perché?».

«Se dici così non sono ornamenti».

«Infatti. Se c'è qualche malattia, le rose servono da allarme naturale perché si ammalano prima loro dell'uva».

«Ma senti la Monica che si intende di vigne».

«Smettessi di scrivere mi darei volentieri alla terra. Speriamo che il dossier lo guardino come un roso in cima a un filare, capisci? Sennò gli arresti non servono».

«Intanto che c'è qualcosa di malato lo hanno capito. Non so se arriveranno a capire che il vino è a rischio...».

«Vedi che quando vuoi mi capisci? Ma ora non ho voglia di discutere. Piuttosto, sul supplemento dell'amore si sa qualcosa?».

«Aspetta che ti passo l'altra pazza. Comunque complimenti, Monica, ti ho chiamato per questo».

«Grazie».

«Monica Baldi, parlano tutti di te. Bingo ti ha fatto la statua di cera in ufficio, appena torni la vedi. È a grandezza naturale, forse tu qua non c'entri più».

«Smettila, Chicca, piuttosto ai saloni tutto bene?».

«Eh! Sai com'è in quei posti, un sacco di gente simpatica» dice Chicca ironica.

«Immagino».

«Comunque con quel bancone li hai fregati tutti. Credevano che ti fossi innamorata del tipo a servire e non hanno mai dubitato di nulla. Una giornalista come te sempre lì a bere mojito, ti prendevano in giro, innamorata cotta. Non ti è mai sfuggita una parola, un movimento strano, un volto, un collegamento. Sei un mito!».

«E invece di godermela mi sono ammalata».

«Ora vengo lì e ti faccio uno zabaione, perché la prossima settimana non puoi mancare. Si va in stampa».

«Davvero?».

«Sì, vedrai che la febbre ti passa».

«Senti, Chicca...».

«Dimmi».

«Prima sono passati a trovarmi Vanni e la Rina».

«Ah, sono tornati da Cuba?».

«Sì, ieri. Mi hanno detto che il mojito si fa con lo zucchero bianco, il ghiaccio non è tritato e soprattutto c'è la *yerba buena* e non la menta. Quella qua non cresce. Lo sa mezzo mondo che questa è la vera ricetta. Pure gli ingredienti erano sbagliati su quel bancone».

«Ma a te piaceva, no?».

«Sì, un mojito buonissimo».

«Parlavo di Bancone».

«Sì, ma non mi hai mai detto nulla in tutti quei mesi? Mi sono innamorata del niente e mi avete lasciato fare».

«È diverso. Basta un niente per innamorarsi».

«Ah, prima mi ha chiamato Aldo. Le foto staranno là in modo permanente. Sono rimasti senza fiato quando le hanno viste e hanno convinto il direttore della casa di riposo a tenerle fisse nella stanza dello svago, quella dove d'inverno ci balliamo».

«Che cosa bella».

«È tutto merito tuo, Chicca. Emma guarda di continuo quelle dove c'è lei e abbraccia i quadri e quando l'infermiera la stacca dalle foto lei si gira, le dà della mignatta, ride e se ne va».

«È incredibile. Comunque la parte loro sul supplemento è venuta da dieci!».

«Bingo non ha commentato che sono riuscita a inserire la casa di riposo?».

«Era talmente entusiasta degli effetti del tuo dossier che il supplemento per San Valentino lo ha sfogliato appena».

«La parte sui miei vecchietti montata non l'ho ancora vista».

«Le foto della cena con le tue amiche le avevi viste, no?».

«Sì, sono veramente belle».

«E la grafica del titolo e…».

«Già, e ora come si fa col titolo?».

«Non si era già deciso?».

«Si lascia com'è?».

«Erano sbagliati gli ingredienti, mica i colori. Quel bancone era proprio color menta, no?».

«Sì».

«Vedessi come sta il titolo sulla copertina».

«Cosa c'è in copertina?».

«Un angolo di bancone. Sai dove tenevano la lavagna, alcuni bicchieri e l'orologio? C'erano ancora le scritte in gesso sulla lavagna».

«Non ci credo».

«La vedrai».

«Ma quando l'hai fatta?».

«Poco prima che mettessero i sigilli».

Piccolo incantesimo

Premo la mano sulla porta a vetri ed entro.

«Buongiorno, Monica, come stai?».

«Non male, tu?».

«Solita banda, qua, ma si va. Non mi risulta tu abbia il corso, oggi».

«No, infatti».

«Sei passata per riscuotere? Ti chiamo la direzione?».

«No, sono in visita».

«Ah…».

L'infermiera si ferma nell'atrio a guardarmi. Io mi tolgo la sciarpa e apro i bottoni al cappotto.

«Le hai viste le foto nella vostra stanza?» chiede.

«Sì».

«Sono belle davvero. Fai i complimenti alla tua amica».

«Glielo dirò di sicuro».

«Le hanno viste molti parenti degli ospiti. Sono rimasti colpiti. Chiedono tutti di questo libro. Non vedono l'ora che esca».

«Me lo hanno detto, sono contenta».

«Scusa, Monica, ma chi sei venuta a trovare?».

«Aldo. Dovrebbe aver finito la ginnastica a quest'ora». Guardo l'orologio alla parete e anche l'infermiera si volta verso il muro.

«Vado a vedere» mi dice.

«Grazie».

Mi siedo in sala d'aspetto. Poi vedo la bacheca e i fogli attaccati. Appoggio il cappotto e la borsa su una delle sedie in fila e vado a vedere. Ci sono le fotocopie degli articoli sul Cavalletta, e c'è il dossier completo appeso con delle puntine e accanto un cartellino con la freccia. La calligrafia è quella splendidamente universale degli anziani. Come i miei nonni. È impeccabile. Tocco il corsivo, quasi a cercare una risposta, tante risposte.

"*La nostra carissima insegnante di ballo*".

«Carissima, buongiorno, sei venuta davvero?».

Mi volto. «Ciao Aldo, buongiorno».

«Ti piace? Li ho fatti attaccare io».

«Me lo immaginavo».

«Su, mettiti il cappotto che usciamo là sulla panchina, visto che c'è il sole». Aiuto Aldo a mettersi il suo cappotto color cammello. Io metto al volo il mio e tengo in mano la sciarpa. Aldo mi prende a braccetto. Ci sediamo sulla panchina di legno nel giardino.

«Hanno parlato tanto di te negli ultimi mesi, eh?».

«Un po'».

«Non sembri contenta».

«Non lo so».

«Il dubbio non sempre è negativo. Cosa ti tormenta?».

«Sì, c'è qualche indagine, ma poi? Non avevo scritto per quel tipo di giustizia. Non vorrei che si finisse tutti per accettare la schifezza, o che tutto questo finisse nel calderone del qualunquismo e dell'antipolitica e non nel rimboccarsi le maniche e darsi da fare per cambiare quello che è marcio».

«Hai scritto, e se uno sa leggere...».

«Non è sempre così immediato. Continuo a chiedermi se non sarebbe meglio che cambiassi mestiere».

«Mica fai solo quello. Fai anche l'insegnante di ballo» ride. «Mi pare che per campare oggi un mestiere solo non basti».

«Già».

«Hai presente le spiagge bianche con quella fabbrica sullo sfondo che la gente ci va pensando di essere ai Caraibi?».

«Sì. Io la chiamo Springfield».

«Cosa?».

«Assomiglia alla centrale nucleare dove lavora Homer, nei Simpson. È un cartone animato».

«Guardi ancora i cartoni animati?».

«Sì, ma questo è da grandi».

Mi guardi un po' torto.

«Lascia stare. Mi dicevi?».

«Quella è una spiaggia frequentatissima. Vedi quel mare bianco, ma poi dietro c'è la fabbrica del bicarbonato e i topi che si ammalano e muoiono. Abbiamo bisogno di illuderci, ma forse non facendoci il bagno là. Anche tu vorresti il mare dei Caraibi per farci il bagno, ma non puoi nascondere i topi. Non lo dire nemmeno per scherzo che smetti di scrivere, sennò ti tiro le orecchie».

«Grazie, Aldo».

«Guarda che non è cortesia la mia. Io aspetto quello che scrivi, è diverso».

Aldo guarda verso i rami spogli degli alberi davanti.

«Aspettare per quelli della mia età ha un senso tutto particolare».

Sto in silenzio.

«Da ragazzo aspettavo come il pane i messaggi delle staffette. Postazioni, nomi in codice, poche cose, ma era davvero questione di vita o di morte».

Mi giro.

«Sei stato partigiano?».

Fai un cenno di sì col capo.

«Non lo sapevo».

«Prima andavo nelle scuole a raccontare. Ora che vuoi, non è più il caso, mi manca il fiato».

«Ma se lo hai per ballare?».

«Non è lo stesso fiato». Respiri alzando il collo. «Ma non ti volevo ora dire questo».

Lo guardo dubbiosa.

«Lo farò, è una promessa» mi dici.

«Ci tengo» chiarisco.

«Ti volevo dire che leggere e scrivere è importante. Mica l'ho imparato a scuola. L'ho capito da quei biglietti e poi dai documenti politici e dalla carta costituzionale, che è l'unica mia Bibbia. Voglio dire, dopo ho sentito posizioni e discussioni più su... è opportuno o non è opportuno, non sul fatto se fosse giusto o ingiusto. Quello che voglio dirti, carissima Monica...» si gira verso la strada e strofina le mani sui suoi ginocchi «...è buona cosa se ti interroghi sul giusto e ingiusto. Non ti chiedere se è opportuno o non opportuno. Ci porta allo sfascio».

Scuoto la testa in un sì. Penso a Bingo, quando non riteneva "opportuno" pubblicare. Poi guardo questo anziano che ho seduto accanto a me. Vorrei chiedergli che pensa di tutto quello che stanno scrivendo, del revisionismo, del nuovo fascismo. Vorrei chiedergli tutto, ho paura che sparisca, che non ci sia più tempo. Eppure lui mi tranquillizza. Quando avrà voglia me ne parlerà.

Ora stiamo un po' in silenzio.

In lontananza si sentono le auto passare, la vita del paese.

Aldo mette una mano in tasca. Apre un ritaglio di rivista e me lo porge.

«Te l'ho conservato» mi dice. «Ti ricordi quando mi parlavi del tipo che ti serviva da bere?».

«Sì che ricordo. Ero rincoglionita».

«Cosa?».

«Scusa. Volevo dire che ero abbagliata».

«Eri innamorata».

Sorrido appena. Stiro il foglio e sussurro.

«Il mojito» dico.

«Quando mi hai detto di quella bevuta io neanche sapevo cosa fosse. Poi l'ho trovato su questa rivista e te l'ho conservato».

Guardo la pagina colorata.

«Lo sapevo che era la bevanda di Hemingway. Ma io mica lo bevevo per questo. È uno dei pochi cocktail che mi piace e mi è servito per stare a quel bancone».

«Lo so, ma vedi sotto, qua» e mettendosi gli occhiali legge: «"Mojito deriva dalla parola voodoo 'Mojo', che significa 'incantesimo'"».

Aldo dice "incantesimo" piano. Poi mi guarda abbassando la testa per scansare le lenti poggiate sul naso. Ripiega il foglio e me lo dà. Io guardo la carta patinata e poi Aldo.

«Mojito dunque è un piccolo incantesimo» dico sorridendo.

«La sapevi questa?». Intanto ripone con cura gli occhiali nella custodia e io seguo ogni piccolo movimento.

«No».

«Eh». Sorridi.

«Piccolo incantesimo» ripeto e gioco con i peneri della sciarpa.

«Ti ha incantato al bancone questo ragazzo» sospiri. «Che bellezza».

«Può darsi. Ma l'incantesimo si è spezzato».

«Me l'ero immaginato».

«Non ti si può nascondere nulla, Aldo».

«Noi vecchi possiamo chiedere tutto senza imbarazzo. Che abbiamo da perdere?».

Ridi.

Tiro fuori un sacchetto di biscotti e ti chiedo se ne vuoi.

«Ma reggono i miei denti finti?».

«Sono morbidi, prendi».

Ne prendi uno e lo porti alla bocca. «Buono».

Ne mangio un paio anch'io, riscaldata dal sole su quella panchina. Poi glielo chiedo.

«Perché sei venuto qua?».

«Eh...» sospiri «fra pazzi, infermi, malati? Qualcuno si salva...».

«Sì, ma tu?».

Sbricioli un pezzo di biscotto e lo lanci verso una siepe e arrivano piccoli uccellini a beccare.

«Mi ci vedi a guardare i lavori in corso alle transenne? O a stare in vetta piazza a guardare chi passa o a lamentarmi di chi governa?».

«No».

«A dar da mangiare ai gatti o ai piccioni tutti i giorni?».

«No».

«Ero stanco di andare ai funerali dei miei amici. Non avevo più nessuno con cui giocare a carte. Qua qualche partitina riesco a farla con qualcuno. Fa stare sveglia la testa, qua» e ti batti le tempie con le dita.

«Dove avrei trovato poi chi mi fa ballare? Sono stato sempre una frana».

Sorrido.

«Sono solo, questo lo sai, carissima. Potevo stare anche a casa, prendere qualcuno che mi aiutasse, in fondo posso ancora permettermelo. A me l'INPS mi gira intorno come un corvo» ridacchi. «Riesco a pagare la retta della casa di riposo con la mia pensione e qualche risparmio. Non ho bisogno di assistenza totale, ce la faccio. Mi danno il servizio e ci sto bene. Avevo voglia di sentire storie nuove, qua ce n'è sempre qualcuna».

«È vero» dico.

Nel silenzio porti la tua mano sulla mia che sta sul bordo della panchina.

«Accidenti, neanche a te si può nascondere le cose, sai?».

«Perché?».

«È tanto che non torno dove sono nato».

«Anch'io».

Guardo gli occhi opachi di Aldo, che sono colore del ramato sulle piante. Mi arriva in faccia come uno schiaffo che mi sveglia. Il ramato, l'orto di mio babbo, l'odore. Gli occhi di Aldo.

«Mi faresti un favore?» mi chiedi.

«Dimmi».

«Ci torniamo?».

«Dove?».

«Dove siamo nati. Anche tu sei di *qua*, no?».

«Sì, ti ci porto. È tanto che non torno a casa anch'io. Anzi» mi alzo in piedi «ci andiamo domani».

«Ma domani è San Valentino».

«Domani esce il supplemento».

«È un giorno importante».

«Che problema è?».

«Non ce l'hai un fidanzato?».

Sorrido.

«Sì, ma te ne parlerò quando mi racconterai di te».

Mi allunghi la mano.

Ti aiuto ad alzarti.

«Va bene».

Mi tieni a braccetto.

«Passo a prenderti domani mattina alle dieci».

«Sarò pronto qua fuori».

Premo la mano sulla porta a vetri.

«Monica, vai forte in macchina?».

«Hai paura?» chiedo stupita e divertita.

«Non sono abituato. Abbi cura di me».

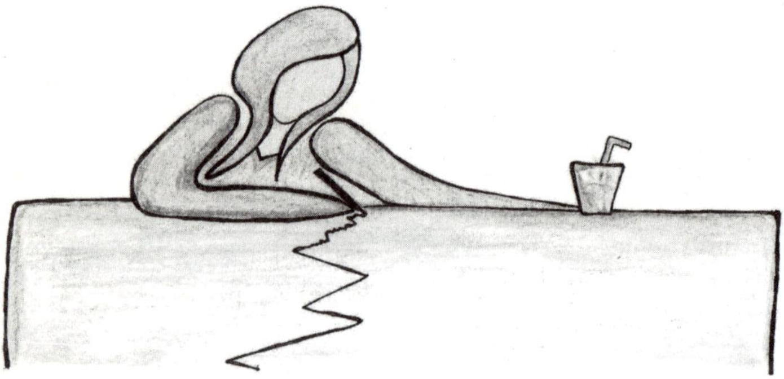

Ringraziamenti

A Massimiliano Governi, sensibile e ostinato, per cui *Bancone verde menta* è diventato un piccolo incantesimo.

Ad Alessia che ha coccolato me e il romanzo.

A Marzia, Marta, Francesca e tutti quelli che ci hanno creduto e lavorato alla Elliot.

All'ossigeno di tante e tanti, sparsi in tutta Italia, che mi hanno incoraggiato a continuare.

A Marsiglia, Torino, Genova, al Salento, barattoli di conserva.

Al Mugello che resiste.

A Barcellona, ti bacio la mano e mi inchino.

A chi mi ha accompagnato a diversi banconi e a tante tavole, a Vale, Fix, Trolli, Caro, Rita, Elia, Spillo, Bertox, Marzia, Eli, Katia, soprattutto alla pazienza e all'entusiasmo di Checca, al mojito e all'estate del 2004.

A Gianni e Katerina per i racconti su Cuba.

Ai miei e a tutta la famiglia-comunità, che mi ricorda come sono.

Al nonno Uliviero e alla zia Anna, nuvole di forza.

Ai balli popolari, al maestro, ai ballerini e ai musicisti.

A *Le mani sulla città*, alle sedie di legno e al mio Prof.

Al quadro *Nottambuli* di Hopper.

A Olivia, nata per la Presa della Bastiglia, per la speranza.

A Daniele che mi sopporta quando scrivo così come sopporto lui quando cucina.

Grazie.

Il mio corazón coraza ringrazia Mario Benedetti.

Indice

Heroes

* Martita Fardin, *valeANA*
* Gisela Scerman, *Vorrei che fosse notte*
* AA.VV., *Padre*

Scatti

* Francesca Lia Block, *Angeli pericolosi*
* Anna Stothard, *Isabel*
* Rebecca Godfrey, *La gonna strappata*
* Roman Dirge, *Lenore. Piccole ossa* (1ª ristampa)
* Roman Dirge, *Lenore. Piccole ossa crescono* (1ª ristampa)
* Christopher Moore, *Un lavoro sporco*
* Eileen Favorite, *Il bosco delle storie perdute*
* Katherine Dunn, *Carnival Love*
* Elizabeth Hand, *Non credere ai tuoi occhi*
* James Fogle, *Drugstore Cowboy*
* Christopher Barzak, *La voce segreta dei corvi*
* Francesca Lia Block, *Echo*
* Libba Bray, *Una grande e terribile bellezza*
* Robert Cormier, *Scomparire*
* Shelley Klein, *Tra di noi*
* Roman Dirge, *Lenore. Ossa e frattaglie*
* Karen Russell, *Il collegio di Santa Lucia per giovinette allevate dai lupi*
* Libba Bray, *Angeli ribelli*
* Lise Myhre, *Nemi. Cuori borchiati*
* Lise Myhre, *Nemi. Amori metallici*
* Christopher Moore, *Il Vangelo secondo Biff*
* Shaun Tan, *L'approdo* (1ª ristampa)
* Donald Ray Pollock, *Knockemstiff*
* Inês Pedrosa, *Senza di te*
* Paul Torday, *L'irresistibile eredità di Wilberforce*
* Perihan Mağden, *In fuga*
* Rebecca Godfrey, *La ragazza che doveva morire*

Raggi

- Daphne Rooke, *Io e Mittee*
- Francis Wyndham, *L'altro giardino*
- Samuel Fuller, *Il Grande Uno Rosso* (1ª ristampa)
- Gerald Basil Edwards, *Il libro di Ebenezer Le Page* (1ª ristampa)
- Dorothy West, *Le nozze*
- Francis Wyndham, *Mrs Henderson e altre storie*
- Evan Hunter, *Il seme della violenza*
- Mickey Spillane, *Tre romanzi di Mike Hammer*
- T.R. Pearson, *Breve storia di una piccola città* (2ª ristampa)
- W.S. Burroughs, *Strade morte*
- Enrico Pea, *Il Romanzo di Moscardino*
- Peter Rushforth, *Kindergarten*
- Daphne Rooke, *Germogli*
- Norman Rush, *Accoppiamenti*
- Roberto Amato, *Il disegnatore di alberi*
- Henry H. Bashford, *Augustus Carp*

ANTIDOTI

* Richard A. Posner, *Il piccolo libro del plagio*
* Robert I. Sutton, *Il metodo antistronzi* (8ª ristampa)
* Robert Farris Thompson, *Tango*
* Michael Zielenziger, *Non voglio più vivere alla luce del sole*
* Beau Fraser, David Bernstein, Bill Schwab, *A morte le Vacche Sacre*
* Cali Ressler, Jody Thompson, *Perché il lavoro fa schifo*
* Robert I. Sutton, *Idee strampalate che funzionano*
* Charles R. Morris, *Crack* (nuova edizione aggiornata)
* Anna C. Salter, *Predatori*
* Rosalind Miles, *Chi ha cucinato l'ultima cena?* (1ª ristampa)
* Emmanuel Hirsch, *Imparare a morire*
* Alex Kuczynski, *La bella e la bestia*
* Charles R. Morris, *Idee per un'economia responsabile*

Reading Theatre

* Ray Bradbury, *Fahrenheit 451*
* Eliam Kraiem, *Sedici feriti*
* Alan Rickman e Katharine Viner (a cura di), *Mi chiamo Rachel Corrie*
* Kristin Linklater, *La voce naturale*
* Mohamed Kacimi, *Terra santa*
* Brian Friel, *Afterplay*
* Ann-Marie MacDonald, *Belle Moral*

Fuori collana

- Emily Dickinson, *Herbarium* (1ª ristampa)
- Perri Knize, *Piano solo*
- K. Witherspoon e P. Meehan (a cura di), *Come ho imparato a cucinare*
- Stacey O'Brien, *Wesley il gufo*

Stampa
Grafiche del Liri s.r.l.
via Napoli, 85
03036 Isola del Liri (FR)
per conto di Elliot Edizioni s.r.l.